Marc Dugain et Christophe Labbé

Marc Dugain est romancier (*La Chambre des officiers*, *Trilogie de l'emprise*, *La Malédiction d'Edgar*, entre autres). Il est également chroniqueur aux *Échos week-end*, réalisateur et scénariste. Il a réalisé plusieurs grandes enquêtes notamment sur le naufrage du sous-marin *Koursk* et sur le crash du MH370.

Christophe Labbé est jounaliste d'investigation. Spécialisé dans les questions de défense, de police et de renseignement, il est notamment coauteur de *Place Beauveau*, *L'Espion du président* et *Justice, la bombe à retardement*.

L'HOMME NU

La dictature invisible du numérique

DU MÊME AUTEUR
CHEZ POCKET

LA CHAMBRE DES OFFICIERS

En collaboration avec Christophe Labbé :

L'HOMME NU

MARC DUGAIN
et CHRISTOPHE LABBÉ

L'HOMME NU

La dictature invisible du numérique

PLON
www.plon.fr
Robert Laffont

MIXTE
Papier issu de
sources responsables
FSC® C003309

Pocket, une marque d'Univers Poche,
est un éditeur qui s'engage pour la préservation
de son environnement et qui utilise du papier fabriqué
à partir de bois provenant de forêts gérées
de manière responsable.

ISBN : 978-2-266-25326-0

Introduction

La collecte et le traitement de données de tout type vont conditionner le siècle qui vient. Jamais dans l'histoire de l'humanité nous n'aurons eu accès à une telle production d'informations. Une révolution comparable à celle que provoqua le pétrole dans le domaine de l'énergie au début du XXe siècle.

Cette révolution numérique ne se contente pas de modeler notre mode de vie vers plus d'information, plus de vitesse de connexion, elle nous dirige vers un état de docilité, de servitude volontaire, de transparence, dont le résultat final est la disparition de la vie privée et un renoncement irréversible à notre liberté. Derrière ses douces promesses, ses attraits incontestables, la révolution numérique a enclenché un processus de mise à nu de l'individu au profit d'une poignée de multinationales, américaines pour la plupart, les fameux big data. Leur intention est de transformer radicalement la société dans laquelle nous vivons et de nous rendre définitivement dépendants.

Tout a commencé au milieu des années 1980 dans des laboratoires de l'armée américaine. Il en est sorti un système de communication indestructible et tentaculaire, qui recouvre maintenant la planète entière. Cette toile numérique, démesurément agrandie par la téléphonie mobile, a radicalement modifié notre rapport aux autres.

À toute seconde de notre existence, nous générons des informations, sur notre santé, notre état psychique, nos projets, nos actions. En résumé, nous émettons des données. Cette production est désormais collectée, traitée, puis corrélée par des ordinateurs aux capacités de stockage et de calcul gigantesques. L'objectif des big data est ni plus ni moins de débarrasser le monde de son imprévisibilité, d'en finir avec la force du hasard. Jusqu'ici, les raisonnements statistiques et probabilistes sur des échantillons de population plus ou moins importants laissaient une place à l'interprétation. Avec la révolution des big data, le raisonnement aléatoire disparaît progressivement au profit d'une vérité numérique fabriquée à partir des données personnelles, que 95 % de la population, celle qui est connectée, accepte de céder. Dans quelques années, il sera possible, en multipliant les corrélations, de tout savoir sur tout. La technologie connectée sera bientôt en mesure de réaliser un check-up permanent de l'être humain comme le fait l'ordinateur central d'une voiture, et la quasi-totalité des infarctus et des attaques cérébrales pourra être décelée avant leur survenue. De même, on saura à terme prédire les épidémies à partir de symptômes détectés en scrutant les réactions des internautes. La promesse d'une vie meilleure adoucira sans aucun doute le prix à payer sur la vie privée. La santé est certainement le domaine qui va évoluer le plus rapidement sous l'influence des données massives. La révolution des données numériques ne se cantonne toutefois pas à la médecine. Tout ce qui touche l'être humain est concerné. Tout savoir sur lui, c'est permettre les corrélations les plus audacieuses et les plus improbables. Dans un univers où 95 % de l'information émise par l'homme et les machines deviendra disponible, on ne raisonnera plus sur des échantillons représentatifs mais sur une connaissance intégrale. Tous les moments de connexions seront utilisés pour intensifier la collecte. Consultations Internet, téléphones, montres, caméras et objets connectés de toutes sortes, le monde sera organisé pour que chaque individu émette le plus grand nombre de données possibles. Déjà, cette moisson d'informations, récoltées le plus souvent gratuitement, a fait naître un marché colossal. Entre sociétés, on s'échange les habitudes des consommateurs, leurs relevés GPS, leur relationnel sur les réseaux sociaux... Le plus grand data broker, courtier en données numériques, est bien sûr américain : Acxiom détient à lui seul des informations détaillées sur 700 millions de citoyens dans le monde. Avec la connaissance absolue de nous-mêmes comme de notre environnement s'ouvrent des perspectives abyssales.

Le progrès aussi fantastique soit-il a toujours son revers. Le pétrole nous a plongés dans la modernité, mais, après un siècle et demi d'utilisations de matières fossiles, nous nous rendons compte des effets secondaires désastreux pour l'environnement. Cette ressource longtemps considérée comme un bien absolu menace les équilibres fondamentaux de la planète et par conséquent la prospérité de notre espèce. Il en est de même pour l'atome qui a révolutionné l'énergie et la santé, mais fait peser sur nous une menace de destruction totale.

Les données massives vont certainement faire progresser nos connaissances scientifiques comme jamais dans l'histoire de l'humanité. Le transhumanisme, ce courant de pensée financé par les firmes du big data, nous promet déjà un « homme augmenté ». Dans un siècle ou deux, il sera sans doute possible de reconstituer entièrement un être humain à partir des milliards de données collectées sur lui. Grâce à toutes ces informations récupérées sur notre santé, Google ambitionne désormais de s'attaquer à la mort ! Les big data, mues par l'idée que la machine va sauver l'homme, caressent le rêve d'atteindre un jour cette éternité. De vaincre le fléau originel.

La promesse d'une vie meilleure ensemencée par la révolution numérique ne doit pas cacher le prix exorbitant à payer. L'homme des données massives, intégralement connecté, vivra complètement nu sous le regard de ceux qui collecteront sans fin des informations sur lui. Au fil de notre existence seront consignés sur notre fiche individuelle toute notre intimité, nos habitudes, nos comportements, notre profil commercial, psychologique et idéologique. Proche est le temps où des sociétés proposeront, avant le mariage, le dossier complet du futur conjoint. On pourra ainsi tout savoir sur lui, ses habitudes de consommation et de dépenses, son rapport à l'alcool, ses préférences sexuelles réelles, sa génétique, son risque de développer un cancer ou des névroses. Le niveau de connaissance sur chacun sera bientôt tel que l'on pourra prédire nos comportements, y compris les plus répréhensibles. La surveillance de tout être humain sera la règle. Peu pourront y échapper, sauf à accepter de faire partie d'une nouvelle catégorie de marginaux. L'homme nu trouvera difficilement la force de résister dans une société où santé, longévité, sécurité seront le prétexte officiel à sa transparence.

Les services de renseignements n'ont pas été longs à considérer la formidable opportunité représentée par le monde des big data pour le contrôle des individus. À l'heure où la sécurité est devenue un thème politique central, où le terrorisme est décrété menace majeure pour notre mode de vie, l'industrie du numérique a immédiatement été mise sous tutelle par les grandes agences de renseignements. Et ce d'autant plus facilement que le marché des données massives est un secteur économique ultra-concentré entre les mains de quelques-uns, Google, Apple, Microsoft ou Amazon, qui ont pris une avance considérable. Aujourd'hui, entre nos appels téléphoniques ou ceux de notre entourage, nos échanges de mails, notre navigation sur la Toile, nos déplacements suivis par GPS ou captés par des caméras, il est impossible d'espérer échapper à une surveillance ciblée des services de renseignements.

La dictature envisagée par Orwell dans *1984* était inspirée des modèles connus de tyrannie avec leur cortège de brutalités. Le monde des big data met sous cloche les individus, de manière beaucoup plus subtile et indolore. Les données s'empilent sans autre objet que d'alimenter des bases à visée commerciale, dans lesquelles les services peuvent piocher à discrétion quand un homme connecté devient suspect. Il n'est probablement pas loin le jour où, en accompagnement de l'urne funéraire qui recèle les cendres du défunt, sera proposé aux familles l'ensemble des données numériques accumulées au cours de sa vie, comme l'historique indigeste de son existence contenant son dossier médical, ses émotions, ses habitudes de consommation, ses préférences sexuelles et intellectuelles.

Depuis le début du XXe siècle, un écart croissant s'est creusé entre l'omniprésence de la technologie dans notre quotidien et le faible niveau de compréhension que nous en avons. Le grand public est tenu à distance des enjeux qui se dessinent, mal informé par une industrie qui privilégie l'opacité à l'abri de laquelle prospèrent ses intérêts économiques. Les avantages à court terme des données massives occultent cette transformation majeure dans l'histoire de l'humanité qu'est l'asservissement volontaire à un système d'information.

Les big data déploient suffisamment d'énergie à promouvoir les bénéfices de la révolution numérique pour qu'il soit inutile ici de les rappeler. Nous ne nous attarderons donc pas sur les effets positifs de la révolution numérique, mais plutôt sur la menace sournoise qu'elle fait désormais peser sur notre liberté individuelle, la vie privée, notre droit à l'intimité, et plus généralement sur le danger qu'elle représente pour la démocratie. Le fascisme et le communisme ont brisé des millions d'êtres humains, mais ils ne sont pas parvenus à les transformer, ni à les rendre transparents. L'homme nu est dans les fers sans souffrance immédiate. Avant la fin de ce siècle, il sera complètement dépendant, intellectuellement et financièrement, de ce système qui va progressivement définir les termes de l'échange entre une vie allongée, moins d'insécurité physique et matérielle, et tout simplement la liberté. C'est de la réussite machiavélique d'une industrie qui a pris définitivement le contrôle de la Terre, sans contrainte ni violence apparente, que nous allons parler.

Terrorisme et big data...

> « Et pourtant ce tyran, seul, il n'est pas besoin
> de le combattre, ni même de s'en défendre ;
> il est défait de lui-même, pourvu que le pays
> ne consente point à la servitude.
> Il ne s'agit pas de lui rien arracher,
> mais seulement de ne rien lui donner. »
>
> Étienne de La Boétie,
> *Discours de la servitude volontaire.*

L'attentat des Tours jumelles le 11 septembre 2001 aura fait basculer l'humanité dans l'ère de la surveillance totale. Meurtris et vexés d'avoir été frappés sur leur sol et de n'avoir rien vu venir, les États-Unis sous la présidence de George W. Bush ont parachevé la mise sur écoute de la planète pour le plus grand bonheur d'une industrie de la surveillance électronique. Un filet numérique post-11 Septembre qui n'a pas empêché de nouveaux attentats sur le sol américain. On se souvient du marathon de Boston en avril 2013, ou encore de la fusillade de San Bernardino en décembre 2016 au cours de laquelle un couple agissant pour le compte de Daech a abattu 14 personnes, sans oublier ce médecin militaire radicalisé qui en novembre 2009 tuait 13 de ses compatriotes sur une base du Texas. Une efficacité toute relative donc, pour un coût démesuré en matière de libertés publiques. Sous la pression de la société civile, les États-Unis ont d'ailleurs dû détricoter certaines mailles du filet.

À l'inverse, l'Europe considère la surveillance absolue mise en place par la NSA comme le modèle à suivre, un moyen efficace de se préserver du terrorisme, même au prix d'une dépendance accrue vis-à-vis du conglomérat sécuritaire américain. En France, les attentats de *Charlie Hebdo* et du 13 novembre 2015 qui ont ensanglanté Paris ont intensifié cette croyance. Nous avons fait de la surveillance technologique une baguette magique au lieu d'y voir une arme parmi d'autres, dans notre panoplie. Pendant dix-sept ans, les services de renseignements français auront su déjouer tous les attentats fomentés sur le sol national. Puis, en 2012, Mohamed Merah abattait des militaires à Montauban et perpétrait un massacre dans une école juive à Toulouse. Un raté des services qui faisait suite à la réforme du renseignement intérieur voulue par Nicolas Sarkozy, en 2008. Cette année-là naissait la DCRI, la Direction centrale du renseignement intérieur, une nouvelle entité, baptisée depuis DGSI, qui fusionnait alors le contre-espionnage et les Renseignements généraux. Pour les experts du domaine, ce mariage forcé aura porté un coup fatal au renseignement de proximité dans lequel excellaient les RG grâce à un imposant maillage territorial. Entre le passage à l'acte de Mohamed Merah en mars 2012 et le massacre du 13 novembre 2015, le plus meurtrier jamais commis dans l'Hexagone avec

130 morts et plus de 300 blessés, la France a subi quatre autres attentats djihadistes : l'attaque d'un commissariat en décembre 2014 à Joué-lès-Tours, les tueries à *Charlie Hebdo* et à l'Hyper Cacher en janvier 2015, l'opération suicide en juin dans la région lyonnaise contre une usine Seveso avec décapitation d'une victime, puis la fusillade du Thalys en août. S'y ajoute, la même année, un projet d'attentat contre des églises, avorté du fait de la seule maladresse de l'apprenti djihadiste qui s'est tiré une balle dans la jambe après avoir tué une automobiliste. De même, la neutralisation à Saint-Denis cinq jours après les attaques du 13 novembre du chef du commando, Abdelhamid Abaaoud, alors qu'il s'apprêtait à repasser à l'action, aura été rendue possible par un renseignement humain couplé à des écoutes dans une banale affaire de stupéfiants... C'est également un « tuyau » donné par un informateur qui a permis l'arrestation en Belgique de Salah Abdeslam, le logisticien du groupe.

Malgré tout, sous François Hollande, l'appareil d'État s'est entêté à renforcer le renseignement électronique au détriment du renseignement humain et de l'infiltration des réseaux terroristes. Chaque échec devient un argument – voire un prétexte – à agrandir toujours plus le filet, à en resserrer les mailles sans vraiment se préoccuper de la qualité de la pêche. La quantité d'informations remontée à bord continue de primer sur la qualité du recueil. Quasiment tous les terroristes qui ont agi sur le sol français étaient connus des services de renseignements, affublés de la fameuse « fiche S ». Parce que nous avons désinvesti le renseignement humain, nos services n'ont pas été capables de discriminer la soixantaine de cibles prioritaires pour y concentrer tous les moyens. Comme le reconnaissait récemment un ancien agent de la NSA, William Binney : « Si votre objectif est de trouver des gens qui ont commis un crime, disposer de données en vrac sur tous les habitants de la planète va vous aider à les trouver, mais si votre objectif est d'empêcher le massacre de gens avant qu'il ne se produise, alors ce n'est pas la bonne façon de procéder[1]. » Et d'ajouter : « La bonne méthode consiste à analyser les données de façon rationnelle et à focaliser les analyses sur des zones particulières et des personnes particulières qui font l'objet de suspicion, des terroristes connus. »

En enrôlant les géants du numérique dans la lutte antiterroriste, les États-Unis auront surtout ajouté à leur jeu une carte maîtresse, l'atout décisif que constitue le contrôle de « l'infosphère ». Paradoxalement, les big data elles-mêmes auront, à leur corps défendant, agi comme un soufflet sur les braises du radicalisme islamiste. Ce n'est pas tant par le nombre de morts qu'ils provoquent que les terroristes mettent en danger nos sociétés, mais par l'effet de souffle médiatique des attentats que démultiplie Internet. Sans le vouloir, les big data propagent ainsi au cœur des sociétés occidentales cette onde de choc au pouvoir fracturant. La violence endémique dont s'accommodent nos démocraties provoque de véritables hécatombes qui ne traumatisent pas l'opinion publique. Aux États-Unis, les attentats perpétrés sur le sol américain entre 2001 et 2013 ont fait 3 000 victimes, tandis que le nombre de tués par armes à feu s'élevait à 400 000 sur la même période.

1. AFP, 19 novembre 2015.

Beaucoup plus encore qu'Al-Qaeda, Daech se sert d'Internet. Ce sont les réseaux sociaux qui lui ont permis de diffuser à l'échelle planétaire son idéologie mortifère. La série vidéo de propagande réalisée par Omar Diaby, dit Omar Omsen – un Franco-Sénégalais qui était jusqu'à sa mort, en août 2015, considéré comme l'un des principaux recruteurs de djihadistes français –, relayée de page Facebook en page Facebook, aura ainsi été vue des centaines de milliers de fois grâce à la Toile. Sans les réseaux sociaux, Daech n'aurait pas recruté, comme il l'a fait, des milliers de combattants aux quatre coins du monde, en utilisant le pouvoir hypnotique d'Internet pour aimanter en Occident des jeunes en perte de repères, et pas seulement sur le « Darknet » dont on parlera plus tard. En France, regarder des sites djihadistes mettant en scène des exécutions est aujourd'hui un délit, mais pas pour Google et Facebook qui, malgré leurs déclarations officielles, rechignent à jouer les censeurs. Premiers vecteurs à l'échelon mondial de la propagande djihadiste, les big data prétendent dans le même temps apporter l'antidote en collectant massivement du renseignement pour les agences d'État. C'est ce qu'on appelle dans le jargon des affaires une transaction « gagnant/gagnant ».

Le monde selon les big data

> « En Chine on considère déjà les États-Unis comme la nation dominante d'hier et Google comme la nation dominante de demain. »
>
> Charles-Édouard Bouée,
> président de Roland Berger Strategy Consultants,
> septembre 2014.

Début 2014, Yannick Bolloré, patron de Havas Group, se rend à San Francisco pour rencontrer les dirigeants de Google. Quelques mois plus tard, devant un parterre de chefs d'entreprise réunis à Paris pour un colloque sur les big data[1], le milliardaire français racontait ainsi son voyage en Amérique : « À l'atterrissage, je rallume mon portable et je reçois un texto m'informant que, près de mon hôtel, tel restaurant japonais fait 15 % de réduction sur le sushi saumon. Je suis troublé parce que c'est l'un de mes plats favoris. Le lendemain à Mountain View, le siège de Google,

1. « Making Sense of Big Data », colloque de l'association Technion France, 15 décembre 2014, Maison de la Chimie.

je raconte l'anecdote à mes interlocuteurs et je m'interroge à haute voix : Qui a bien pu m'envoyer cette pub ? Et là les gens de Google me disent : “C'est nous ! On vous a géolocalisé à votre arrivée, on a monitoré votre agenda, vos mails, on a vu à quel hôtel vous descendiez et que vous aimiez le sushi saumon, alors on vous a acheté en temps réel une pub ciblée pour un restau du quartier où vous logiez. C'est extraordinaire, vous voyez, tout ce que l'on peut faire.” J'ai fait remarquer : “Mais que faites-vous de la vie privée ? — Ah, oui, la *privacy*, c'est vrai qu'en Europe vous en parlez beaucoup.” Je me suis dit : Plutôt que de bloquer les choses, avançons et comptons sur le bon sens commun. »

Chaque minute, environ 300 000 tweets, 15 millions de SMS, 204 millions de mails sont envoyés à travers la planète et 2 millions de mots-clefs sont tapés sur le moteur de recherche Google... Les portables et autres smartphones sont autant de tentacules grâce auxquels la pieuvre big data récupère nos données personnelles. Médias, communication, banque, énergie, automobile, santé, assurances..., aucun secteur n'échappe à ce siphonage. L'essentiel étant fourni par les internautes eux-mêmes. Ce que nous achetons ou aimerions acheter, ce que nous allons consommer et même faire de nos journées, notre santé, notre façon de conduire, nos comportements amoureux et sexuels, nos opinions, tout est examiné. Depuis 2010, l'humanité produit autant d'informations en deux jours qu'elle ne l'a fait depuis l'invention de l'écriture il y a cinq mille trois cents ans. 98 % de ces informations sont aujourd'hui consignées sous forme numérique. On assiste à une véritable mise en données du monde. Tout y passe, photos de famille, musiques, tableaux de maître, modes d'emploi, documents administratifs, films, poèmes, romans, recettes de cuisine... Une datification qui permet de paramétrer la vie humaine dans ses moindres détails.

Si 70 % des données générées le sont directement par les individus connectés, ce sont des entreprises privées qui les exploitent. C'est ainsi qu'Apple, Microsoft, Google ou Facebook détiennent aujourd'hui 80 % des informations personnelles numériques de l'humanité. Ce gisement constitue le nouvel or noir. Rien qu'aux États-Unis, le chiffre d'affaires mondial du big data – le terme n'a fait son entrée dans le dictionnaire qu'en 2008 – s'élève à 8,9 milliards de dollars. En croissance de 40 % par an, il devrait dépasser les 24 milliards en 2016.

Les Gafa – pour Google, Apple, Facebook et Amazon – ont réussi à conquérir en une dizaine d'années l'ensemble du monde numérique. Ces « sociétés du septième continent », comme on les appelle, sont la nouvelle incarnation de l'hyperpuissance américaine. Pour asseoir leur suprématie économique, les États-Unis ont d'abord entremêlé leurs intérêts avec ceux de l'industrie pétrolière, sur fond de coups d'État à l'étranger (Panamá...), soutien logistique et financier à des mouvements de guérillas (Nicaragua...), interventions militaires extérieures (Irak...). Avec les majors du numérique, Washington est allé encore plus loin. Cette fois, les intérêts ne sont plus enchevêtrés mais fondus. Cet accouplement entre l'État le plus puissant de la planète et les conglomérats industriels issus de la science de données est en train d'enfanter une entité d'un genre nouveau. Cette puissance mutante, ensemencée par la mondialisation, ambitionne ni plus ni moins de remodeler l'humanité. Les treize grands serveurs « racine[1] » qui centralisent les répertoires de noms de domaines de tous les sites Internet à l'échelle de la planète ne sont-ils pas gérés par douze organismes dont neuf sont américains ? Les États-Unis détiennent ainsi entre leurs mains l'annuaire du Web, et collectent des masses de renseignements sur l'origine et la destination des connexions au niveau mondial. L'attribution même des noms de domaine est déléguée à l'Icann, une structure basée en Californie sous tutelle du département du Commerce américain.

Aujourd'hui, ce sont les États-Unis qui contrôlent les big data. Les Bill Gates et autres Mark Zuckerberg, patron de Facebook, sont les nouveaux Rockefeller. Ceux auxquels l'État américain a délégué l'exploitation, le stockage et le raffinage des gisements numériques. Jamais, dans l'histoire de l'humanité, un aussi petit nombre d'individus aura concentré autant de pouvoirs et de richesses. Le monde digital aura donné naissance à une hyper-oligarchie. Et, contrairement au pétrole, la donnée est une matière première inépuisable, elle jaillit en permanence des pipelines numériques. 90 % de la masse des data disponibles a été créée ces dernières années.

En moins de quinze ans, l'américain Google, rebaptisé Alphabet, est devenu la plus grosse entreprise du monde. En 2016, sa valorisation boursière, avec 544,7 milliards de dollars, est près de deux fois plus élevée que celle du géant pétrolier Exxon Mobil.

1. Ces treize serveurs gèrent les noms de domaine, les pseudos des sites Internet dans le monde.

Derrière Alphabet, on trouve désormais trois autres big data – Apple, Microsoft et Facebook. Exxon Mobil, qui en 2011 occupait encore la première marche du podium des capitalisations boursières mondiales, est relégué à la sixième place. À elles seules, Apple et Alphabet sont assises sur une montagne de cash de 289 milliards de dollars !

Comme dans l'industrie pétrolière, la plus-value sur la matière première se fait au moment du raffinage. Après le gavage des ordinateurs nourris de toujours plus d'informations, le raffinage s'opère grâce à des algorithmes sophistiqués, un traitement de l'information rendu possible par une mémoire informatique exponentielle et des processeurs de plus en plus puissants. Pour ce faire, une firme comme Google possède au bas mot quarante-cinq fermes de calcul, disséminées à travers le globe. Le chiffre est secret. Des serveurs en batterie qui moissonnent une partie du trafic Internet mondial. On estime que chacun de ces immenses data centers, ou centres de traitement de données, consomme en électricité l'équivalent d'une ville américaine de 40 000 habitants. Et tout ça n'a rien de très écologique. Google a reconnu en 2012 émettre 1,5 million de tonnes de CO_2, soit l'empreinte carbone annuelle du Burkina Faso. Il est vrai que, tous les jours, le moteur de recherche indexerait 24 peta-octets de données, l'équivalent de mille fois la quantité de données conservées dans la plus grande bibliothèque au monde, celle du congrès de Washington.

Plus les données sont raffinées, plus elles prennent de la valeur, et le niveau de filtration dépend de la qualité des algorithmes. Google est né d'un algorithme baptisé « Page Rank », inventé en 1998 par ses deux fondateurs, Sergueï Brin et Larry Page. Grâce à cet algorithme révolutionnaire, la firme de Mountain View est devenue le moteur de recherche universel, trustant 70 % des requêtes Internet mondiales. En Europe, 90 % des recherches effectuées par les internautes passent par Google Search.

Connaissez-vous la règle de Gabor ? Elle est gravée dans les tables de la loi des big data. Selon le physicien hongrois Dennis Gabor, inventeur de l'holographie et prix Nobel de physique en 1971, « tout ce qui est techniquement faisable doit être réalisé, que cette réalisation soit jugée moralement bonne ou condamnable ». Toute information est donc bonne à prendre, car ce qui importe, ce n'est pas la qualité de la collecte, mais la collecte elle-même. La finalité n'est pas connue au moment de cette collecte, l'usage qui en est fait ne sera pas forcément celui qui était initialement prévu, ou pas seulement.

Les outils de capture des informations sur les citoyens consommateurs sont entre les mains d'Apple, de Microsoft, Google, Facebook. Avec une chatière pour les services de renseignements américains. Nos données numériques ne nous appartiennent pas, nous en sommes dépouillés, les maîtres de l'industrie de la Tech se les arrogent gratuitement. C'est une partie de nous-même qui nous est volée, notre empreinte numérique. Les big data ont construit leur puissance au détriment des individus. L'exact inverse de ce qu'elles prétendent. Le P-DG de Facebook, Mark Zuckerberg, a ainsi expliqué aux 31 millions d'internautes qui le suivent sur le réseau social son coup de cœur pour *The End of Power* de Moisés Naím. Un livre qui, explique-t-il avec enthousiasme, raconte « comment le monde change pour donner davantage de pouvoir aux individus aux dépens des grandes organisations comme les gouvernements ou l'armée ». Selon Zuckerberg, l'individu se libère puisque le véritable pouvoir n'est plus centralisé entre les mains d'un État, mais dépend des individus et des liens sociaux qu'ils tissent entre eux, ce que permet de faire notamment Facebook...

Le voilà, l'ennemi : la puissance étatique. Pour la plupart des entrepreneurs de la Silicon Valley, l'État dans sa forme actuelle est l'obstacle à abattre, leur crainte, ce n'est pas Big Brother, mais Big Father. Patri Friedman, petit-fils du célèbre économiste libéral Milton Friedman et ancien ingénieur chez Google, considère le gouvernement comme « une industrie inefficace » et la démocratie comme « inadaptée ». Il explique à qui veut l'entendre que le système politique actuel est sclérosé, les règles de régulation du commerce ou de l'usage des données privées et publiques obsolètes, et que tout cela empêche le progrès. Patri Friedman milite en faveur d'une sécession des entrepreneurs de la hi-Tech. En 2008, il a mis sur pied le Seasteading Institute, dont l'objectif est de couvrir la planète de « villes nations flottantes » échappant à la souveraineté des États. Friedman a déjà levé 1,5 million de dollars auprès du multimilliardaire Peter Thiel, à l'origine de PayPal, le leader mondial du paiement en ligne, aujourd'hui principal concurrent du réseau des cartes de crédit. Le même déclarait en avril 2009, sur le site du libertarien think tank Cato Institute, qu'une « course à mort » était engagée « entre la technologie et la politique ». À l'automne 2013, quand un conflit sur le budget a forcé le gouvernement fédéral américain à fermer provisoirement une partie de ses services, Peter Thiel a aussitôt taclé : « Les entreprises transcendent le pouvoir. Si elles ferment, le marché boursier s'effondre. Si le gouvernement ferme, rien n'arrive, et nous continuons à avancer, parce que cela n'a pas d'importance. La paralysie du gouvernement est en réalité bonne pour nous tous. » Peter Thiel est en phase avec l'entreprise dont il est le premier investisseur extérieur : Facebook. En décembre dernier, son P-DG, Mark Zuckerberg, annonçait avec tambour et trompette faire don de 99 % de ses actions à sa propre fondation caritative, la Chan Zuckerberg Initiative. Une organisation qui, selon ses statuts, n'est pas obligée de financer des œuvres de charité et peut tout aussi bien investir dans des entreprises privées. Ce qui correspond à son objectif officiel : « faire avancer le potentiel humain et promouvoir l'égalité », en clair, diffuser la vision du monde de Zuckerberg, la primauté au privé et la défiance vis-à-vis de l'État.

Invité à une conférence intitulée « Silicon Valley's Ultimate Exit », Balaji Srinivasan, étoile montante du Net et spécialiste du Bitcoin, la monnaie numérique, a expliqué en octobre 2013 que les États-Unis étaient devenus un géant sur le déclin, bientôt balayé par l'Histoire, et qu'il fallait créer une nation start-up. « Quand une entreprise de technologie est dépassée, a-t-il insisté, vous n'essayez pas de la réformer de l'intérieur, vous la quittez pour créer votre propre start-up ! Pourquoi ne pas faire la même chose avec le pays ? » En mai 2014, c'était au tour de Larry Page de se lâcher devant un public de développeurs informatiques : « Il y a beaucoup, beaucoup de choses importantes et excitantes que nous pourrions faire, mais nous en sommes empêchés parce qu'elles sont illégales. »

Le voile se déchire. Derrière la cool attitude des pionniers du numérique transparaît la volonté d'en finir avec la démocratie devenue encombrante. Encombrants aussi, les médias. Le slogan de Google annonce la couleur : « Organiser l'information du monde pour la rendre universellement accessible et utile. » Afin de neutraliser le cinquième pouvoir, les big data ont un plan infaillible. Affaiblir l'adversaire pour mieux lui tendre la main et conclure avec lui un marché de dupes. Après s'être fait siphonner en six ans un milliard de recettes publicitaires, la presse française s'est rebiffée en exigeant du moteur de recherche qu'il paie une dîme sur les articles indexés par ses soins dans sa rubrique Actualités. Pour éviter qu'une loi ne l'oblige finalement à payer, Eric Schmidt, le président du conseil d'administration de Google, est venu, le 1er février 2013, discuter en personne à l'Élysée avec les représentants de la presse hexagonale. Résultat : en lieu et place d'une redevance, la multinationale a créé un « Fonds pour l'innovation numérique de la presse », afin de soutenir les « projets permettant de faciliter la transition des journaux d'information politique et générale vers le monde numérique », *dixit* Google. Sur une enveloppe de 60 millions d'euros, les neuf principaux quotidiens et hebdomadaires français ont déjà perçu un tiers du pactole. Un moyen astucieux d'atténuer les critiques des médias en les perfusant sur la base d'un texte dûment ratifié par François Hollande, comme si Eric Schmidt était un chef d'État. Quant à Facebook, la firme a signé, en 2015, un accord avec neuf grands médias américains, anglais et allemands. Un algorithme maison décide des articles auxquels il faut donner une visibilité sur le réseau. Facebook agit ainsi comme un filtre qui amplifie ou non, selon sa propre logique, l'impact de telle ou telle information produite par d'autres. Les journaux se mettent ainsi petit à petit dans la main de Mark Zuckerberg. Même logique avec Instant Articles, un player qui permet depuis le réseau social d'accéder au contenu de certains journaux – en France, *Le Parisien*, *20 minutes*, *Paris Match* et *Les Échos* –, et c'est bien sûr Facebook qui fait son marché. Avec Apple, le contrôle est encore plus direct. La firme à la pomme exerce par exemple un droit de censure sur les déclinaisons numériques des journaux réalisées sur iPad ou sur iPhone. Telle photo jugée indécente subira le coup de ciseaux d'Anastasie. La firme a ainsi suscité une bronca en retirant de son Apple Store un podcast d'une émission de France Musique dédiée à l'érotisme qui était illustrée par le célèbre nu de Manet, *Olympia*.

Pour les big data, la démocratie est obsolète, tout comme ses valeurs universelles. *Exit* le concept de citoyen inventé par les Grecs ! Antoinette Rouvroy, chercheuse en droit de l'université de Namur, estime que ces firmes visent une « gouvernementalité algorithmique[1] ». Un mode de gouvernement inédit « opérant par configuration anticipative des possibles, plutôt que par réglementation des conduites, et ne s'adressant aux individus que par voie d'alertes provoquant des réflexes, plutôt qu'en s'appuyant sur leurs capacités d'entendement et de volonté ».

1. http ://works.bepress.com/antoinette_rouvroy

Le futur configuré par les big data risque donc d'être la déclinaison d'un mode de société où État nation et classe politique vont s'évaporer jusqu'à disparaître. Les démocraties s'essoufflent, autant que leur système de représentation. Est-ce que voter tous les quatre ou cinq ans aura encore une signification quand, dans quelques années, les big data seront capables de connaître en temps réel la réaction de chaque individu à toute proposition sur l'organisation collective de la société ? C'est peu probable. Et que dire de la difficulté de l'État d'exercer auprès des big data une de ses principales prérogatives : la levée de l'impôt ? On sait par exemple que la plupart des big data qui opèrent en France paient peu ou pas d'impôts chez nous grâce à des localisations fiscales favorables au sein même de l'Europe, au Luxembourg ou en Irlande. Le monde des big data avec de gigantesques flux de recettes incontrôlables est celui de la super-mondialisation qui anéantit l'idée de frontière et menace le modèle européen, à la traîne dans la récolte et le traitement des données.

La prophétie de Platon

« Si donc ils pouvaient s'entretenir ensemble, ne penses-tu pas qu'ils prendraient pour des objets réels les ombres qu'ils verraient ? »

Platon, *La République*, livre VII, Ve siècle av. J.-C.

« Pour les hommes ainsi enchaînés, les ombres des choses seraient la vérité même et ils ne la verraient absolument que dans les ombres. » Il y a près de deux mille cinq cents ans, dans *La République*, le philosophe grec Platon racontait le sort d'hommes emprisonnés dans une grotte depuis leur naissance. Chacun de ces captifs est sous le regard de surveillants qui lui font croire que les ombres projetées sur un mur sont la réalité et l'empêchent ainsi d'accéder à la lucidité. Dans cette fameuse « allégorie de la caverne », les surveillants sont aussi des illusionnistes qui maintiennent chacun de leurs prisonniers dans un état de passivité et de dépendance vis-à-vis d'une réalité projetée. Ce flot permanent d'images hypnotise les détenus au point de leur ôter toute envie de s'échapper, de s'évader pour devenir libres. La prophétie de Platon est en train de se réaliser. Dans le monde voulu des big data, nous sommes enchaînés, comme jamais, à des illusions.

C'est comme si l'on nous avait encapsulés dans un miroir déformant qui est aussi une glace sans tain. Le reflet de la réalité est devenu, dans nos têtes, plus important que la réalité elle-même. L'un des symptômes du mal qui nous frappe est la frénésie pour la photo souvenir. Une boulimie visuelle encouragée par les smartphones qui permettent de photographier et de stocker quasiment à l'infini ces images et de les partager instantanément aux quatre coins de la planète. Quatre-vingts millions de clichés sont échangés chaque jour sur Instagram, l'application de partage de photos et vidéos de Facebook, par ses 400 millions d'utilisateurs. Ce qui compte, ce n'est pas l'instant mais sa capture numérique. Le présent ne prend sens que sous forme d'un souvenir pixellisé. À quoi sert-il d'avoir fait l'ascension du Kilimandjaro si l'on n'a pas posté la photo sur Facebook ou Twitter ? Lorsque le Laboratoire européen pour la physique des particules de Genève alluma le LHC, le plus grand accélérateur de particules jamais construit, certains esprits imaginatifs prédirent que l'expérience allait créer un trou noir qui engloutirait la Terre. Rien de tel ne s'est heureusement produit. Mais sans que l'on s'en rende compte, la numérisation du monde a déclenché, elle, une extraction du réel. Un phénomène incontrôlable qui, tel un trou noir, avale la réalité tangible. Dans les années 1950, alors que la télévision commençait à se généraliser, le philosophe allemand Günther Anders, dans une réflexion sur ces étranges lucarnes, avait pressenti le danger, ce pouvoir aimantant des images. « Quand le fantôme devient réel, c'est le réel qui devient fantomatique », alertait-il. Même le contenu de l'assiette est désormais photographié, au grand dam des restaurateurs. Partout sur la planète, une épidémie frappe les clients qui, lorsque le plat arrive, sortent leur smartphone pour l'immortaliser et le poster sur les réseaux sociaux. Un partage illusoire qui fait de l'assiette un simple trompe-l'œil, puisque l'essentiel, l'émotion ressentie par les papilles, n'est pas numérisable, sans parler de la convivialité d'être ensemble à table. Ce qui prime est donc l'hologramme de la vie. L'image du réel prend le pas sur le vécu. La mode des selfies renvoie de manière saisissante aux ombres projetées sur les parois de la caverne de Platon.

Les prisonniers des data sont comme des pigeons qui picoreraient avec une obstination presque douloureuse des miettes de temps, poussés par l'illusion de stopper la course de Cronos. Croyant vivre pleinement, ils ne sont présents nulle part. Captivés par la perfection du virtuel, nous en arrivons à presque détester le réel, sa complexité, ses défauts, son imprévisibilité faite de hasards déroutants. Pourquoi perdre du temps à faire la queue pour entrer dans un musée, puisque l'Art Projet de Google propose d'accéder, en un seul clic, à 40 000 chefs-d'œuvre numérisés en haute résolution ? Près de 30 millions d'internautes ont déjà visité ce concentré virtuel de cent cinquante musées, où l'on peut s'enfoncer dans les entrailles des tableaux reconstitués en images de 7 milliards de pixels. Qu'est-ce que l'Art Project, sinon encore une illusion ? Un faux musée rempli de copies. Google nous fait croire à une proximité inégalée avec les œuvres d'art, alors que l'on n'en aura jamais été autant éloignés, piégés dans les sables mouvants des détails. Ce degré de précision inhumain qui enivre notre cerveau n'est pourtant qu'une prouesse absurde. « Quand on va sur le détail d'une toile, on découvre que ce n'est pas prédictif, modélisable, ce n'est pas du pixel basé sur des 0 et des 1. Le musée virtuel de Google, ce n'est pas de vrais tableaux, on peut certes zoomer de façon incroyable jusqu'au cent cinquantième coup de peinture mais cela n'a pas de cohérence », déplorait ainsi le rédacteur en chef de *Beaux Arts magazine*, Fabrice Bousteau, considéré comme l'une des personnalités françaises les plus influentes du milieu de l'art. Et d'insister : « De même, on peut avoir accès à une quantité folle d'œuvres d'art sans quitter sa maison, mais on est tenu à distance, il manque la réaction chimique entre le tableau et le spectateur, la rencontre, on sait que l'on est face à l'original, non à sa duplication numérique, et cela change tout[1]. » L'expérience n'est que superficielle, amputée de la dimension du corps. Mais elle est captivante. Dans *La République*, Platon écrit à propos du prisonnier de la caverne qui ne perçoit que des ombres : « Et si on l'obligeait à regarder le feu lui-même, est-ce que les yeux ne lui feraient pas mal et ne voudrait-il pas s'en détourner pour revenir à ce qu'il est dans ses forces de regarder ? Et ne jugerait-il pas que ce qui est pour lui immédiatement visible est en fait plus clair que ce que l'on veut lui montrer ? »

La réalité chiffrée que l'on nous impose n'est pas la réalité. En encodant le monde, les big data tendent une Toile entre nous et le réel qui filtre nos émotions,

1. *Beaux Arts magazine*, n° 372, juin 2015.

ces sécrétions purement humaines, non modélisables, qui, pour le pire ou le meilleur, font de l'homme un être imprévisible, à la différence de l'ordinateur. La notion d'authenticité s'évapore, une valeur essentielle chez les Grecs anciens, pour lesquels être authentique signifiait se connaître soi-même, accepter consciemment l'existence telle qu'elle est. À la place, voici le règne du toc, l'ère du faux où rien n'est authentique, ni le décor ni soi-même. Symptôme de cette dérive, le 21 février 2011, est née, en Égypte, une petite fille nommée Facebook.

La virtualisation de la société grignote peu à peu notre réel. Désormais, nouer une relation sur un site de rencontre sans avoir eu le moindre contact physique avec sa maîtresse ou son amant virtuel peut être retenu par les tribunaux comme de l'adultère en cas de divorce pour faute. Le désarrimage avec le réel risque d'être encore plus violent avec la déferlante annoncée des casques de réalité virtuelle destinés au grand public. Toute l'industrie de la Tech, qui a dans ses viseurs le marché des jeux vidéo, concocte de quoi nous immerger dans des univers artificiels impossibles à distinguer du monde réel. Facebook a mis sur la table 2 milliards de dollars pour développer son propre casque baptisé Oculus VR. Dans le film d'anticipation *Matrix* sorti en 1999, le héros, un jeune informaticien, découvre qu'il vit dans une « Matrice », un univers virtuel conçu par des ordinateurs. « La réalité est une illusion. La réalité n'est pas ce qui existe, mais ce que votre cerveau enregistre », expliquait, en mars 2015, le coordinateur du programme Oculus à des développeurs maison. L'objectif annoncé de ces démiurges : nous faire vivre dans la « Matrice ». La réalité virtuelle, forme ultime d'aliénation ? En perdant pied avec le réel, le monde concret perceptible par les sens tel que le définissaient les Grecs, on se perd soi-même. La perte de substance du réel provoquée par le numérique remet en cause la définition même de la personne. Ce que vivent certains mordus du jeu vidéo qui projettent leur double numérique sous forme d'avatars dans des univers en 3D. Ils ne savent plus vraiment qui ils sont. En perdant leur singularité, ils abandonnent leur libre arbitre et, avec lui, toute volonté de s'échapper. Comme les prisonniers de la caverne prêts à tuer celui d'entre eux qui entreprendrait de les libérer de leurs illusions. Une des plus douces étant la gratuité.

Au son de cette fausse promesse selon laquelle « sur Internet on peut avoir accès à tout puisque tout est gratuit », nous accourons jusqu'à la grotte où nous finirons emmurés, tels les enfants ensorcelés par le joueur de flûte dans le conte des frères Grimm. En réalité, comme le dit l'adage : « Si vous ne payez pas pour quelque chose, vous n'êtes pas le client, vous êtes le produit. » C'est le prix à payer. En entrant sur le réseau, nous scellons, sans le savoir, une sorte de pacte avec le diable : notre identité numérique contre des services en libre accès, toujours plus personnalisés. La valeur marchande de l'individu 2.0, maintenant 3.0[1], devrions-nous dire, n'est plus sa force de travail mais son identité numérique qui sera revendue plusieurs fois, comme on le faisait sur les marchés aux esclaves. Le président du conseil d'administration de Google, Eric Schmidt, l'annonce carrément dans un livre inti-

1. L'expression 2.0 symbolise l'étape 2 dans l'évolution du Web, le 3.0, la suivante, etc.

tulé *À nous d'écrire l'avenir* : « Pour le citoyen de demain, l'identité sera la plus précieuse des marchandises, et c'est essentiellement en ligne qu'elle existera. Le pouvoir de cette nouvelle révolution des données : chacun de ses aspects négatifs appellera en retour un bienfait substantiel[1]. » Autrement dit, les internautes producteurs bénévoles de données sont exploités mais heureux de l'être...

En nous connectant, nous nous croyons autonomes, libres, alors que nous nous soumettons à la machine, la communication obéit à des règles, les messages sont formatés, la relation sociale est programmée... L'algorithme dessine même les contours de notre identité numérique. Ainsi, quand on s'inscrit sur Facebook, le formulaire à remplir, censé décrire notre personnalité, est standardisé. Notre double numérique est simplifié, il subit une opération de réduction afin de pouvoir être avalé et digéré par la Matrice. Le Conseil d'État s'est récemment penché sur la question, dans un rapport consacré au numérique et aux droits fondamentaux. « Aujourd'hui déjà, un internaute ne voit pas les mêmes résultats de recherche qu'un autre. Il ne voit pas non plus les mêmes publicités, ni les mêmes articles sur un portail d'informations, ne dispose pas des mêmes offres commerciales que son voisin. Ce qui pourrait poser de graves problèmes d'accès à l'information », écrivaient, en septembre 2014, les magistrats du Palais-Royal. En lui proposant uniquement des articles, des vidéos ou des sites censés refléter ses goûts, les algorithmes pourraient bien « enfermer » l'internaute dans des entonnoirs.

1. Eric Schmidt et Jared Cohen, Denoël, 2013.

Des conséquences complètement contraires à l'esprit initial du Web, qui, de lien en lien, devait élargir le champ des connaissances... Voilà battue en brèche l'illusion d'un Web neutre, savamment entretenue par les géants du Net. Lantana Sweeper a pu expérimenter la prétendue neutralité des algorithmes neutres. Lorsque ce professeur de Harvard tapait ses nom et prénom sur Google, apparaissaient des publicités pour des services judiciaires, lui proposant de consulter son propre casier judiciaire. Pourquoi ces résultats suggérant qu'elle pourrait traîner des condamnations ? Tout simplement parce que l'algorithme avait identifié son prénom comme celui d'une Afro-Américaine et en avait déduit qu'elle avait probablement eu des ennuis avec la justice ! Non seulement les algorithmes ne sont pas neutres, mais encore ils peuvent avoir des préjugés raciaux[1]... La neutralité affichée est en fait impossible, car cet univers numérique est codé dans l'intérêt des big data. En conclusion de son rapport, le Conseil d'État en appelait à « la création d'un droit des algorithmes ».

On a laissé les clefs aux firmes de la Tech pour encoder le monde dans lequel ils nous engluent. Un pouvoir exorbitant, puisque dans cet espace numérique, le code, c'est la loi. En janvier 2000, dans *Harvard Magazine*, l'éminent professeur de droit Lawrence Lessig s'inquiétait en ces termes : « Le code implémente un certain nombre de valeurs. Il garantit certaines libertés, ou les empêche. Il protège la vie privée, ou promeut la surveillance. La seule question

1. Frank Pasquale, *The Black Box Society*, Harvard University Press, 2015.

est de savoir si nous aurons collectivement un rôle ou si nous laisserons aux codeurs le soin de choisir nos valeurs à notre place. » La dangereuse illusion serait de croire, comme le laissent entendre les maîtres des données, que la liberté est garantie par le code, et qu'il n'y a donc nullement besoin de lois pour la protéger.

Pour nous maintenir au fond de la caverne, nous est vendue la grande illusion : celle de ne plus être jamais seuls, parce que le réseau va tous nous connecter. Sauf que c'est l'exact inverse qui s'est produit. « L'hyperconnexion donne le sentiment d'être tous reliés aux dépens des frontières, des cultures, des langues..., alors que nous sommes enfermés, chacun, dans un univers virtuel, coupé du réel », écrit l'anthropologue américaine Sherry Turkle dans *Alone Together*[1]. Nous sommes effectivement tous ensemble, mais seuls. Contrairement aux apparences, le réseau n'a pas fait naître une nouvelle solidarité. C'est, à quelques exceptions près, chacun dans sa bulle, chacun pour soi. Au Japon, on observe depuis quelques années l'apparition d'une nouvelle pathologie sociale. Des adolescents ou de jeunes adultes qui restent cloîtrés chez eux, connectés en permanence à leur ordinateur, et que l'on nomme les *hikikomori*, les « retranchés ». Le sociologue Dominique Wolton, auteur de *L'Autre Mondialisation*[2], parle d'une « aliénation du branchement », puisque ces individus sont incapables de vivre en dehors de ce monde virtuel, or, rappelle-t-il : « L'essentiel pour l'homme, ce n'est pas l'image mais le contact. »

---

1. *Alone Together*, Sherry Turkle, MIT Press, 2011.
2. Flammarion, 2003.

Petit à petit l'individu se recroqueville, il s'effondre sur lui-même comme un trou noir où se désintégrerait l'empathie. Avec un effet monstrueux. Nous risquons de perdre une part de notre humanité. À sa naissance, l'homme est incroyablement fragile, son cerveau n'est pas « fini ». Mais c'est justement cette faiblesse qui fait sa force, car le cerveau de l'être humain grandit et s'enrichit en interagissant avec l'environnement et les autres. L'homme est d'abord un animal social. Son salut a toujours été de jouer collectif. Sa force, c'est le groupe. Or voilà que la solidarité, cet élément constitutif de l'humanité, disparaît sous les coups de boutoir d'un individualisme outrancier conforté par les firmes du big data. Déjà nombre de professeurs remarquent l'isolement d'élèves toujours plus nombreux qui déambulent dans un monde imaginaire, loin du réel et de ses problématiques collectives, avec un seul objectif, être seul et jouer. Il ressort de cet isolement des « psychopathologies » croissantes qui vont de la paranoïa à la névrose obsessionnelle. On le sait, la névrose obsessionnelle est un mécanisme de défense contre la dépression qui menace de plus en plus de jeunes, sans parler de l'inhibition croissante, de la perte d'empathie déjà mentionnée qui, en rendant l'individu incapable de mesurer la souffrance causée par la violence, est susceptible de déclencher un passage à l'acte. On le constate de plus en plus souvent aux États-Unis avec ces carnages à répétition, perpétrés par des « enfermés » sur eux-mêmes.

Le pacte

> « Un peuple prêt à sacrifier un peu de liberté pour un peu de sécurité ne mérite ni l'une ni l'autre, et finit par perdre les deux. »
>
> Benjamin Franklin, 1755.

Il y a vingt ans, la voiture de Roland Moreno, l'inventeur français de la carte à puce, faisait une embardée sur une route de campagne. Après des semaines de coma suivi d'une longue convalescence, le patron de Gemplus, qui jusqu'alors s'opposait à l'entrée d'un fonds d'investissement américain piloté par la CIA dans le capital de la société qu'il avait cofondée, céda. Les États-Unis eurent ce qu'ils voulaient, ils purent faire main basse sur le leader mondial du cryptage des données, plus gros fabricant de cartes SIM. En février 2015, The Intercept, le journal d'investigation en ligne qui avait déjà publié les fracassantes révélations d'Edward Snowden sur l'ampleur de l'espionnage américain, révéla que la NSA, la National Security Agency, et son homologue britannique, le GCHQ, Government Communications Headquarters, avaient dérobé chez Gemplus, devenu Gemalto, des quantités sidérantes de clefs de chiffrement des cartes SIM. La clé de cryptage équipant chaque puce achetée par un client, fût-il un opérateur de téléphonie, était aussitôt « récupérée » par les services de renseignements. Un « casse » qui leur aura permis d'espionner, en toute discrétion, la flotte de téléphones de 450 opérateurs recourant à Gemalto, dans 190 pays.

À la fin des années 1990, l'appareil de renseignements américain comprend qu'il doit très vite maîtriser l'infosphère par laquelle passera, à l'avenir, l'essentiel des informations de la planète. Un plan d'action baptisé « Information dominance » est aussitôt lancé pour multiplier les passerelles avec les entreprises du numérique. La CIA crée ainsi un fonds d'investissement, In-Q-Tel, chargé de faire émerger de nouveaux outils comme des moteurs de recherche, des logiciels de navigation anonymes. Il s'agit aussi de prendre le contrôle de la technologie des cartes à puce, essentielle pour les paiements bancaires ou la téléphonie mobile. Quand les Américains débarquent chez Gemplus, ils s'empressent de nommer à la tête de la société un ancien administrateur d'In-Q-Tel. C'est à cette époque qu'est scellé un pacte entre les services de renseignements et ce que l'on appelle alors les nouvelles technologies de l'information et de la communication. Ces NTIC qui donneront naissance aux big data.

La dérive qui fait aujourd'hui d'Internet la première source universelle de surveillance de l'individu a été accélérée par un événement lié aux relations internationales et à l'Amérique en particulier, qui s'est instituée depuis la chute du mur de Berlin en grand pacificateur de la planète. Avec ce slogan désormais célèbre : *Make the world a safer place*, en français : « Faire du monde un endroit plus sûr ». Sous un habillage idéologique accompagné d'une communication rodée, l'Amérique, grâce à sa formidable puissance militaire, s'est autopromue gendarme du monde contre toutes les dérives qui visent à contrarier ses intérêts. Le communisme défait, un mode de résistance anachronique contre cette attitude hégémonique s'est développé, d'abord dans la région où se joue une grande partie de la question de l'énergie, c'est-à-dire le Proche et le Moyen-Orient. Avec un modèle économique de « relance par la guerre » à échéances successives, les États-Unis ont créé des déséquilibres durables dans cette partie du monde et portent leur part de responsabilité, avec les autres nations occidentales, dans la crispation pseudo-religieuse, prétexte aujourd'hui au déferlement de bandes de criminels organisés sur la Syrie et l'Irak. Alors que l'opposition entre capitalisme et communisme s'était faite sur la base de deux blocs géographiquement bien distincts, le terrorisme s'est développé à partir d'une religion largement diffusée, même si c'est au Moyen-Orient qu'elle puise ses racines.

Dans ce contexte, l'effondrement des Tours jumelles de New York, le 11 septembre 2001, a sidéré l'Amérique, bien plus encore que l'attaque de Pearl Harbor en décembre 1941, loin de son continent et de toute façon attendue. Cette tragédie s'est vite transformée en humiliation. L'Amérique était touchée pour la première fois sur son sol, au cœur de sa machine financière internationale, symbole de sa puissance. L'échec est d'autant plus cuisant que Ben Laden, le cerveau des attentats, avait été des années auparavant formé par la CIA pour lutter contre l'armée soviétique sur le front afghan. Si l'on balaie les thèses complotistes qui prétendent que les États-Unis ont laissé faire pour préparer leur opinion à de nouvelles guerres, il ne reste pour expliquer ce drame qu'une impressionnante faillite des services de renseignements. Pointés du doigt par la Maison Blanche pour leur inefficience, le FBI, la CIA et surtout la NSA en profitent pour décrocher d'énormes moyens technologiques afin d'écluser l'océan numérique. Au même moment, la Toile a pris un essor décisif au niveau mondial, avec déjà un tiers de la planète connectée. L'objectif désormais est la surveillance globale. Il ne s'agit plus de cibler des groupes d'individus pour tout savoir sur eux, mais d'espionner la planète entière, puis de raffiner cette masse d'informations. Et cet objectif, comme par miracle, converge avec la technologie développée par les big data. Une simple requête sur Google mobilise en quelques secondes autant de puissance informatique qu'il en a fallu pour envoyer un homme sur la Lune. Grâce à des algorithmes complexes et à des systèmes de veille et d'alerte, la Matrice est capable de détecter des individus ou des comportements suspects. Un concept théorisé depuis par « le roi Alexander », comme on l'appelle aux États-Unis. Le général Keith Alexander, qui dirigea pendant neuf ans la NSA avant de céder sa place en 2014, a popularisé la métaphore de la botte de foin : « Il faut contrôler toute la botte pour pouvoir y retrouver une aiguille. » Bernard Barbier, l'ancien directeur technique du renseignement extérieur français, a récemment raconté sa rencontre en 2007 avec le général américain Alexander : « À la fin d'un très bon repas [...], entre le dessert et le café, il nous a dit : “Moi, mon objectif, c’est d’écouter tout l’Internet mondial.” Je me souviens, on l’avait regardé en lui disant : “Comment ça ?” » Et l’ex-espion français de commenter : « Aujourd’hui, on voit bien avec Edward Snowden que c’était une volonté en 2007, que la NSA avait la capacité d’écouter tout le monde, que les Américains ont mis en place une écoute généralisée[1]. » Les révélations de Snowden ont participé à faire exploser en vol le Safe Harbor, cette décision de Bruxelles qui autorisait les big data à transférer les données personnelles des internautes européens vers les États-Unis. En février dernier, un nouvel accord a été signé entre l’Union européenne et l’Oncle Sam pour prétendument garantir la confidentialité des données hébergées sur le sol américain.

« La lutte contre le mal » et « La guerre contre la terreur » ont été les slogans. La surveillance mondiale, les moyens. Des budgets pharaoniques ont été alors votés pour écouter toutes les conversations téléphoniques dans le monde, lire tous les mails échangés, recenser toutes les consultations Internet, se connecter sur toutes les caméras de surveillance. Dès lors, aucune connexion visant à échanger une information ne doit pouvoir échapper à la surveillance de la NSA, qui la traite et la stocke selon ses propres critères. On pourrait détailler longuement la façon dont les écoutes sont organisées par la NSA. Il suffit de comprendre que toutes les communications passent aujourd’hui par Internet, et que la NSA se branche sur les fibres

1. « Cyberattaques : “Beaucoup de pays se font passer pour des Chinois” », *Libération*, 22 septembre 2015.

optiques qui portent l'information. Quelle que soit l'origine ou la destination de cette dernière, ces fibres transitent à un moment ou un autre par les États-Unis.

La conjonction d'un événement tragique, qui a lui-même attisé une paranoïa permanente, et du développement d'un système d'information nourri par un fantastique bond technologique dans la capacité de traitement et de stockage des données est à l'origine de cette démoniaque ambition qu'Orwell n'avait pas osé imaginer. Elle pose les fondements d'une dictature indolore où chaque individu doit accepter que tout ou partie de lui-même, sans le viser directement *a priori*, soit révélé à un système de surveillance planétaire. Cette mue de l'appareil sécuritaire américain aura été facilitée par la chute du Mur. « Les services ont troqué un ennemi clairement identifié, en l'occurrence le bloc soviétique, contre une menace permanente avec laquelle vous ne pouvez pas conclure une trêve, voire signer la paix. Comme, par essence, une menace est insaisissable, elle justifie des moyens d'exception à perpétuité, qui vise sa neutralisation voire son éradication[1] », décrypte Percy Kemp, consultant en géostratégie et expert sur les questions de renseignement.

Cette surveillance totale de l'être humain, de tout ce qu'il peut produire comme information, n'est pas un projet, mais une réalité qui se construit à une vitesse vertigineuse, au mépris de la notion de frontière et de toute protection légale, dont il est aujourd'hui impossible d'entraver l'escalade. Les seuls qui pourraient le faire en sont eux-mêmes les artisans et les promoteurs. Les maîtres du big data ont scellé des liens avec le

1. Entretien du 13 novembre 2015.

milieu du renseignement, en prétextant un cadre légal qui, s'il existe *a minima* aux États-Unis, est absent dans le reste du monde où la NSA ne se sent liée par aucune obligation. Jamais l'Amérique n'a montré un tel impérialisme. Jamais les autres pays ne s'y sont soumis avec aussi peu de résistance. L'Europe en particulier semble incapable de contrer cette hégémonie américaine en matière d'information, qui la relègue obligatoirement pour le futur à un rang de puissance secondaire aliénée par sa vassalité.

Services de renseignements et big data ont un avenir commun, celui de former la coalition la plus influente de ce siècle en matière de collecte et de traitement de l'information mondiale. La partie la plus puissante de l'appareil d'État américain s'est ainsi hybridée. L'importance des services dans l'histoire de la démocratie américaine est éclatante. Le renseignement américain s'est toujours comporté en gardien du temple. L'assassinat de JFK en 1963 en est une conséquence directe. Le fait qu'il soit le fruit d'une conjuration de services secrets, d'intérêts militaires et accessoirement mafieux est quasiment acquis aujourd'hui. Mais, en dépit du temps passé, l'omertà continue sur cette affaire, pour une raison simple : elle apporte la preuve de la limite de la démocratie en Amérique, dont les intérêts sont au-dessus des institutions. On a pu l'observer après le 11 Septembre, avec la signature du Patriot Act qui, au nom de la lutte contre le terrorisme, reniait nombre des principes de la démocratie américaine, mais aussi avec le mensonge d'État qui a légitimé la deuxième guerre d'Irak. Sur la base de prétendues preuves fournies par l'appareil de renseignements, George W. Bush n'avait-il pas solennellement affirmé, devant le conseil de sécurité de l'ONU, que le pays de Saddam Hussein entretenait des liens étroits avec Al-Qaeda et menaçait la sécurité des États-Unis parce qu'il possédait des armes de destruction massive ?

L'imbrication entre les big data et les agences de renseignements est une réalité incontestable. Comme l'a révélé Edward Snowden, les États-Unis ont pu siphonner les données des pays étrangers, parce que ces informations étaient hébergées sur les serveurs d'entreprises privées américaines, et que la NSA maîtrisait totalement l'exploitation de ces technologies. De juteux contrats de sous-traitance lient l'industrie de la hi-Tech à l'appareil de renseignements. Rien qu'en février 2013, la société Booz Allen Hamilton, qui fut le dernier employeur de Snowden, a engrangé 11 milliards de dollars du département d'État à la Sécurité. Soit une fois et demie le budget annuel du ministère de la Justice français. 98 % du chiffre d'affaires de cette entreprise de Virginie provient du gouvernement américain, pour des prestations essentiellement liées au domaine du renseignement. Quant à la moitié de ses 25 000 employés, ils sont accrédités Secret Défense. Depuis 2009, Booz Allen Hamilton est contrôlé par le groupe Carlyle, l'un des plus gros fonds d'investissement au monde avec près de 150 milliards de dollars d'actifs, que certains n'hésitent pas à présenter comme « la banque de la CIA ». Il est vrai que son conseil d'administration a accueilli, entre autres, Frank Carlucci, l'ancien directeur adjoint de la CIA, devenu par la suite secrétaire à la Défense de George H. W. Bush, qui fut lui aussi membre de ce conseil d'administration. *Via* son fonds de capital-risque, In-Q-Tel, la CIA est également le principal financeur de Palantir Technologies, spécialisée dans l'analyse des mégadonnées. Cette discrète start-up créée en 2005 par Peter Thiel, l'un des entrepreneurs les plus influents de la Silicon Valley, aurait conçu des algorithmes cousus main pour la NSA, la CIA et le FBI. Elle est aujourd'hui valorisée à 15 milliards de dollars. Pour la petite histoire, « palantir » est le nom donné par Tolkien à ces pierres qui permettent de voir l'avenir, dans *Le Seigneur des anneaux*...

Avant même que l'appareil de renseignements inonde de contrats les acteurs de la Tech, les pionniers de l'informatique ont été arrosés par des subsides du Pentagone, sans lesquels ils n'auraient probablement jamais existé. Internet lui-même est une création de l'armée américaine. En pleine guerre froide, la Darpa, pour Defense Advanced Research Projects Agency, l'agence qui dépend du Pentagone et dont la mission est de stimuler l'innovation face à la menace soviétique, coordonne la mise au point d'un système de communication dont certaines branches pourraient être sectionnées sans compromettre l'ensemble, afin de résister à un cataclysme nucléaire. C'est ainsi qu'en 1969 le projet Arpanet, l'ancêtre d'Internet, voit le jour. Dans son livre *La Souveraineté numérique*, le patron de Skyrock, Pierre Bellanger, qui fut l'un des premiers en France à créer une entreprise de services Internet, remet les pendules à l'heure : « On s'émerveille devant des start-up qui seraient nées dans des garages, mais on oublie de dire que le garage se trouve en fait sur un porte-avions[1] ! »

---

1. Stock, 2014.

Plus l'État met de l'argent sur la table pour les services de renseignements, plus les firmes du big data en profitent. Quand le Patriot Act a autorisé la NASA et la CIA à solliciter, au nom de la sécurité nationale, les entreprises privées américaines qui détenaient les données numériques, Google a, dans ce cadre, surveillé entre 1 000 et 2 000 comptes par an à la demande des agences gouvernementales.

Jusqu'où est allée la collaboration entre l'appareil sécuritaire américain et les big data ? Certains croient savoir pourquoi Apple a fabriqué des smartphones dont la batterie est très compliquée à retirer : « Le premier réflexe de ceux qui craignent d'être espionnés est d'enlever la batterie de leur portable. L'énergie résiduelle d'une batterie permet de faire beaucoup de choses », nous explique un homme du renseignement français. Il y a deux ans, l'hebdomadaire allemand *Der Spiegel* révélait, documents à l'appui, que la NSA disposait d'un accès libre aux informations contenues dans les iPhone. En l'occurrence, le logiciel d'intrusion Dropoutjeet permettait à l'agence depuis 2008 de télécharger des fichiers contenus dans le smartphone, de consulter les SMS, le carnet d'adresses, l'agenda, d'écouter les messages téléphoniques et même d'activer le microphone et la caméra. Apple avait aussitôt démenti avoir « jamais travaillé avec la NSA afin de créer une porte dérobée dans ses produits ». Pour conserver la confiance de ses clients, la firme à la pomme a depuis refusé à un juge fédéral de « déverrouiller » pour le FBI le mot de passe de l'iPhone du couple de terroristes de San Bernardino en Californie. Certains mauvais esprits voient, derrière cette passe d'armes médiatisée, une manière pour Apple de redorer son blason terni par les révélations sur la « porosité » entre l'appareil de renseignements américain et les big data, rendue possible par des agents infiltrés ou des accords secrets. De son côté, la puissante NSA, qui a la capacité de rentrer dans les ordinateurs et les téléphones notamment, mais agit sans cadre légal contrairement au FBI – service de police judiciaire –, tient enfin l'occasion de rendre licite cette pratique. Personne ne soupçonne la taille du pipeline qui relie les géants du numérique aux services secrets. Après que Snowden eut levé un coin du voile, l'Administration américaine fera tout pour rendre acceptable aux yeux du grand public cette collaboration. Pas question que ce scandale remette en cause « le pacte ». Depuis février 2015, une agence, le Cybersecurity and Communications Integration Center, coordonne le partage des données entre les entreprises technologiques et les officines de sécurité. Les géants du numérique, qui s'étaient retrouvés dans une situation embarrassante vis-à-vis de leurs utilisateurs, ont fait diversion en mettant en scène de pseudo-bras de fer avec l'appareil sécuritaire américain, mais aussi en revendiquant leur part dans la lutte antiterroriste. Google s'était déjà posé comme un rempart à la « radicalisation » des jeunes. En juin 2011, lors d'un séminaire sur les violences extrémistes organisé en Irlande par la firme, le président de son conseil d'administration, Eric Schmidt, affirmait que les big data avaient « la plus puissante des stratégies » contre la radicalisation. « Il s'agit de l'industrie qui produit à la fois les jeux vidéo, les réseaux sociaux et les téléphones portables, elle sait peut-être mieux qu'aucune autre distraire les jeunes de n'importe quel secteur, et les jeunes sont précisément la population ciblée par les recruteurs du terrorisme, expliquait-il. Ces entreprises ne connaissent peut-être pas toutes les nuances de la radicalisation ou toutes les différences entre certaines populations spécifiques et déterminantes comme celles du Yémen, de l'Irak ou de la Somalie, mais elles comprennent indéniablement la jeunesse et savent quels jouets elle désire[1]. » La firme de Mountain View a carrément embauché un ancien du département d'État, spécialiste de la contre-radicalisation et du contre-terrorisme, afin de monter un think tank sur le sujet, Google Ideas.

Le paradoxe, on l'a vu, est que les firmes du big data sont intégrées malgré elles dans la mécanique terroriste. L'attentat réussi est celui qui provoque les plus grandes répercussions dans les esprits avec le minimum de moyens. Or Internet fonctionne comme une caisse de résonance. L'information se répand, s'amplifie de façon exponentielle, s'incruste durablement dans la mémoire numérique. Plus l'émotion suscitée est grande, plus l'appareil de renseignements récupère en retour des moyens financiers, dont une part profite aux big data. Ainsi l'écosystème sécuritaire s'autoalimente.

En un peu moins d'une quarantaine d'années, ce qui répondait à une préoccupation militaire est devenu, associé au téléphone portable, le premier mode de communication entre les êtres humains, une merveille de la technologie qui permet d'être connecté à tout moment en temps réel, dans n'importe quel lieu. Depuis le début des années 2000, c'est-à-dire il y a peu, Internet fait partie de notre existence, en procurant des avantages

1. *Les Échos*, 30 octobre 2015.

incontestables en termes de vitesse de connexion entre les individus et d'accès à l'information. Mais les meilleures évolutions technologiques générées par l'homme ont systématiquement un revers. S'agissant d'Internet, les effets secondaires ne sont certes pas aussi dévastateurs qu'un « hiver nucléaire », mais beaucoup plus insidieux, au point d'agir sur des valeurs fondamentales comme la liberté individuelle. La fusion des services de renseignements avec les entreprises commerciales du big data augure une forme de gouvernement mondial non élu, et ce seul fait constitue une menace pour la démocratie.

Orwell, si tu savais

> « La vie privée est un concept qui a émergé lors du boom urbain de la révolution industrielle. Si bien que cela pourrait très bien n'être qu'une anomalie. »
>
> Vinton Cerf,
> Chief Internet Evangelist chez Google,
> novembre 2013.

De nos jours la NSA dispose de plus d'informations sur les citoyens allemands que la Stasi du temps de l'ex-RDA. L'agence de renseignements américaine a accès à chaque geste, chaque échange électronique, chaque moment de leur vie quotidienne. Nous sommes conscients aujourd'hui d'avoir un espion dans la poche avec notre téléphone portable. L'équivalent d'un agent de la Stasi qui note scrupuleusement nos déplacements, répertorie tous ceux avec qui nous sommes en contact, détecte nos amis, se penche au-dessus de notre épaule quand nous remplissons notre agenda, rédigeons un texto, recevons un mail, feuilletons notre album photo ou vidéo... Il est le greffier de notre vie, celui à qui on ne peut rien cacher. Son employeur s'appelle Apple ou Google, qui contrôlent à eux seuls 90 % des systèmes d'exploitation de tous les smartphones de la planète.

On ne perçoit pas encore totalement que le monde qui nous entoure s'est transformé en buvard. Internet, d'abord, permet littéralement de scanner l'individu. Tous les paiements réalisés sont identifiés, nos comptes en banque peuvent désormais être décortiqués pour en déduire des comportements. Être débiteur est l'amorce d'un profil, tout comme des dépenses addictives. Gestion financière saine ou hasardeuse, il est possible d'en tirer des conclusions et de les vendre à des organismes qui connaîtront par avance les réflexes de ces futurs clients. Les opérateurs d'Internet ont compris que la masse d'informations qui transite par leurs services constitue une manne financière infinie, qu'il suffit d'organiser pour être revendue. Un assureur, avant de délivrer un contrat de prévoyance décès, n'est-il pas intéressé à tout savoir sur le dossier médical de la personne, jusqu'à ses pratiques alimentaires ? La corne d'abondance semble inépuisable.

Chaque individu doit être précisément identifié comme consommateur afin que l'univers commercial puisse venir au plus près de ses habitudes et de ses envies. Google, aujourd'hui numéro un de la publicité en ligne qui représente 90 % de ses revenus, établit des profils d'utilisateurs selon des critères sociodémographiques, liés à nos centres d'intérêt tirés de l'historique de nos recherches, mais aussi le contenu de nos échanges sur son service de messagerie, Gmail. Au prétexte de lutter contre les spams, la firme scanne l'intégralité des mails et en analyse les mots-clefs. L'effroyable buvard boit, absorbe toutes les traces que nous laissons dans le monde numérique. Il le fait avec d'autant plus de facilité que nous avons implicitement donné notre accord, en cochant machinalement la case : « Acceptez-vous les conditions générales d'utilisation ? » Qui appuie consent. Là où les 270 000 fonctionnaires et 500 000 informateurs bénévoles de la Stasi noircissaient à n'en plus finir des fiches à l'insu de leur cible – 17 000 kilomètres de notes retrouvées après la dissolution de cette police politique –, désormais c'est nous qui renseignons le fichier. Les utilisateurs de Facebook – 1,4 milliard de Terriens – ont implicitement accepté de céder à la firme de Mark Zuckerberg la liste de leurs amis, leur situation amoureuse, leur date d'anniversaire, leurs photos personnelles ou leurs centres d'intérêt. Ce faisant, ils se dépouillent d'une part de leur intimité. Des données cédées, en échange d'un service gratuit, avec lesquelles le numéro deux mondial de la pub en ligne fait son miel.

Pour affiner encore plus le profil de chacun de ses clients, Facebook récupère des informations fournies par des sites partenaires et, depuis peu, utilise un outil de tracking révolutionnaire acheté à Microsoft en 2013. Atlas, c'est son nom, permet de pister chaque membre du réseau social, encore mieux qu'avec des cookies, ces mouchards qui, lorsque l'on navigue sur le Net, se collent à l'adresse IP de nos ordinateurs tels des coquillages sur la coque. Avec Atlas, c'est l'utilisateur lui-même qui est bagué, et donc repéré et pisté quel que soit le support qu'il utilise, ordinateur fixe, portable, tablette ou smartphone. Facebook suit ainsi à la trace, où qu'ils se trouvent sur le Net, près de 1,5 milliard d'humains, dont plus de 20 millions de Français. Les amoureux des livres numériques ont eux aussi droit à leur mouchard. Les liseuses enregistrent habitudes et préférences, les lieux et moments favoris de lecture, quelles pages ont été annotées, quels chapitres éventuellement délaissés, quels livres refermés avant d'avoir été terminés. Toutes ces informations, jusqu'alors inaccessibles, sont maintenant revendues aux éditeurs pour qu'ils optimisent leurs offres. La musique n'échappe pas à ce voyeurisme intéressé. Il y aura toujours une marque prête à payer pour savoir quels morceaux nous écoutons, quand, où et comment. Si Twitter est gratuit, il vend par contre l'accès au contenu des tweets qui y sont échangés à des entreprises de data. Demain, ces dernières dicteront peut-être les choix éditoriaux. Déjà, l'américain Netflix, spécialisé dans la diffusion de films en flux continu sur Internet, réalise des « audiences prédiction », en clair, des études qui prédisent le nombre d'abonnés pour telle ou telle série. Et ce sont des algorithmes qui fournissent aux producteurs des listes d'acteurs pour certains castings. La prochaine étape est connue. Chez Netflix, près de 400 ingénieurs affinent les algorithmes de recommandation afin de proposer à l'utilisateur le film qu'il a envie de voir.

L'information est infinie, et c'est ainsi que la conçoivent les big data. L'objectif ultime est de collecter toujours plus d'informations, même les plus insignifiantes, sur un individu, dans l'idée qu'il y aura toujours un algorithme pour en extraire un renseignement utile, soit monétisable, soit politiquement ou socialement intéressant. Nous sommes bel et bien entrés dans l'ère de la surveillance totale. « La vie privée est devenue une anomalie », a donc déclaré Vinton Cerf, l'un des pères de l'Internet, qui travaille aujourd'hui chez Google. Et puis pourquoi pleurer sa disparition ? On nous le serine, le village planétaire n'est pas pire que le village d'antan, où tout le monde savait tout sur tout le monde. Sauf que dans un vrai village chacun connaît celui qui le surveille, celui qui épie l'autre est épié en retour. Surtout, cette autosurveillance est imparfaite. Il n'y a pas partout et tout le temps les yeux du voisin. On peut tirer les rideaux pour conserver une intimité. Le village numérique, avec son espionnage invisible, massif, permanent, infaillible, où toutes les informations sont centralisées par une puissance désincarnée omnisciente, ressemble plus à celui de la fameuse série américaine *Le Prisonnier*. Or, faut-il le rappeler, la vie privée est une respiration indispensable. « La vie privée, ce n'est pas ce que l'on dissimule, c'est de l'espace non public, quelque chose dont nous avons besoin pour ensuite jouer notre rôle sur l'agora. Elle est aussi vitale socialement que le sommeil l'est biologiquement », souligne le biologiste Jean Claude Ameisen, président du Comité consultatif national d'éthique. « La transparence totale s'apparente à une nouvelle forme d'Inquisition. Car que veut dire être transparent ? Que l'on voit au travers de vous et donc que l'on ne nous voit plus ? On nous fait confondre honnêteté et transparence. Il faut se poser la question : est-ce que le seul moyen que j'ai d'être honnête, c'est d'être mis sous surveillance vingt-quatre heures sur vingt-quatre ? Si la réponse est oui, cela signifie que l'on a inventé l'honnêteté totalitaire[1]. » À écouter l'un des pontes de Google, aucun doute n'est permis. « Si vous faites quelque chose que vous souhaitez que

1. « Nous sommes les cousins des papillons », *Le Point*, 1er novembre 2014.

personne ne sache, peut-être devriez-vous commencer par ne pas le faire », conseille ainsi Eric Schmidt. « Si vous n'avez rien à cacher, pourquoi craindre qu'on sache tout sur vous » pourrait d'ailleurs être le slogan de ce coup d'État mondial qui a décrété l'abolition de la vie privée...

Vous pensez que, pour échapper à cette surveillance numérique qui s'immisce dans chaque recoin de votre vie, il suffit de se déconnecter. Erreur. Même débranché, vous restez sous l'œil du Grand Inquisiteur. Notamment grâce aux caméras. Non seulement les smartphones, éteints comme allumés, permettent de localiser toute personne à tout moment, et de savoir à qui appartiennent les téléphones situés à proximité, mais cette identification des déplacements et des fréquentations va prendre une nouvelle dimension, avec la reconnaissance faciale. Au motif d'améliorer la sécurité, une inflation de caméras de surveillance a investi les lieux privés et publics. À Londres, capitale européenne de la vidéosurveillance avec ses 300 000 yeux numériques, la police a fait un petit calcul : un habitant est filmé jusque 300 fois par jour. Petit à petit, ces œilletons numériques deviennent « intelligents ». Après avoir appris à lire les plaques d'immatriculation des voitures, ils savent maintenant reconnaître un visage au milieu d'une foule en le comparant à une base de données. Et même identifier une silhouette de dos ! Dans les grandes villes, il sera bientôt impossible de se promener dans la rue sans être dûment repéré, identifié. Prémices à cet œil surhumain placé au-dessus de l'humanité que décrit, dans *Surveiller et Punir*, le philosophe Michel Foucault, les laboratoires de recherche de la Silicon Valley préparent déjà l'étape suivante :

des caméras intelligentes embarquées sur des drones urbains !

« Le Parti pouvait mettre à nu les plus petits détails de tout ce que l'on avait dit ou pensé, mais les profondeurs de votre cœur, dont les mouvements étaient mystérieux, même pour vous, demeuraient inviolables », écrivait George Orwell. Avec les big data, on a dépassé le cauchemar de *1984*. La Matrice perce nos ressorts intimes, décèle le sens caché de nos comportements. Cela grâce aux métadonnées, ces informations qui disent tout d'une communication : date, heure, durée, lieu..., excepté son contenu. Des sous-produits techniques longtemps considérés par les services de renseignements comme le rebut inutile des interceptions, car ce qui intéressait les grandes oreilles, c'étaient les mots que l'on pouvait voler. Jusqu'à ce que les big data rendent intelligible ce gisement de données informes. En montrent le potentiel caché. Moulinées par les algorithmes, les métadonnées révèlent d'autres secrets que le contenu des courriers électroniques, des messages ou des conversations enregistrées. Qu'il s'agisse de transactions bancaires, de données de géolocalisation, de séquences génétiques, de fichiers d'électeurs ou de loueurs de vidéos en ligne, ces silos de données remplis de copeaux de vie anonymes trahissent, une fois traités, toutes les identités qui s'y entassent. Jamais l'homme n'avait été aussi nu, aussi traçable, aussi transparent. Bientôt, plus aucun d'entre nous ne pourra avoir vécu sans que des millions d'informations jusqu'aux plus intimes aient été stockées sur lui, pour ne plus jamais disparaître. Même les dictatures les plus développées sous les régimes communistes ou fascistes ne sont pas parvenues à ce degré d'information sur chacun de leurs ressortissants. Comme l'a prophétisé l'un des boss de Google, Eric Schmidt : « Quand on considère l'avenir, avec ses promesses et ses défis, on voit s'annoncer le meilleur des mondes. »

Pour raffiner encore plus, la NSA vient de mettre au point une nouvelle technique, le *contact chaining*. À partir des métadonnées des téléphones portables, telles que la géolocalisation, l'heure et la durée de connexion, il devient possible d'établir des profils psychologiques d'utilisateurs, de déduire leurs habitudes, leurs convictions philosophiques, religieuses ou leur origine ethnique. Sera-t-il demain possible de se soustraire à ce système inédit ? Pourquoi ne pas imaginer prochainement la circulation de dossiers payants sur chaque individu, sorte de *curriculum vitae* agrémenté d'informations sur sa vie privée, d'analyses psychologiques approfondies, mais aussi d'une synthèse de ses actes professionnels basée sur la surveillance aléatoire de ses ordinateurs tout au long de sa carrière, qui permettrait d'identifier ses méthodes, ses connaissances, de mesurer sa productivité, sa résistance physique, de recueillir l'opinion de tous ceux ayant de près ou de loin travaillé avec lui.

Au motif de traquer Ben Laden et ses complices, la NSA s'est arrogé le droit de capturer les images circulant sur le Net. Dans tous les échanges en vidéoconférences, notamment sur Skype, un programme espion prélevait en vrac des photos, au rythme d'une toutes les cinq minutes, qui étaient ensuite passées au tamis par de très sophistiqués logiciels de reconnaissance faciale. Il en a été de même pour les images envoyées par mails, par textos, ou postées sur les réseaux sociaux. Une part substantielle de cette récolte était constituée de communications sexuelles. Aujourd'hui, encore, personne n'est capable de dire combien de visages ont été ainsi volés et l'usage qui en a été fait...

« Il sera de plus en plus difficile pour nous de garantir la vie privée, assène ainsi Eric Schmidt. La raison est que, dans un monde de menaces asymétriques, le vrai anonymat est trop dangereux. » Et d'insister : « Ce n'est pas possible de voir tel ou tel terroriste faire telles ou telles terribles choses sous le couvert d'un anonymat absolu. » Au nom d'un objectif consensuel, celui du combat contre le terrorisme, les big data, main dans la main avec l'appareil de renseignements, poussent toujours plus loin leur avantage. Plus elles produisent de métadonnées et rendent le quotidien transparent, plus elles gagnent de l'argent, et plus la NSA gagne en puissance. Payer en liquide ne sera bientôt plus possible. Profitant du postulat selon lequel l'argent liquide est de l'argent sale ou qu'il peut alimenter les mouvements terroristes, il leur est facile d'encourager la disparition des billets et des pièces qui représentent une entrave à la traçabilité. Dès lors qu'aucun trajet ne pourra être payé en cash, il sera aisé de fournir sur chaque individu une cartographie de ses déplacements quotidiens, qui pourra aussi bien être transmise à son employeur qu'à sa femme ou à sa maîtresse, bref à celui qui paiera l'information. Est-ce un hasard si Carlyle et Blackstone, les deux principales sociétés de capital-investissement de la planète, entrelacées aux services de renseignements américain, ont mis sur la table 10 milliards de dollars pour racheter NCR, le leader mondial des caisses enregistreuses et des distributeurs de billets ?

Paradoxalement, comme on l'a évoqué plus haut, ce monde prétendument plus sûr, parce que baignant dans une surveillance liquide, qui s'infiltre en douce dans les moindres interstices, l'est en fait de moins en moins. Jamais sur la planète les zones gangrenées par le terrorisme n'ont été aussi étendues. La débauche de moyens essentiellement techniques se révèle le plus souvent inefficiente. Ce que rappelle Grégoire Chamayou, chercheur en philosophie au CNRS : « En juin 2013, le directeur de la NSA assura que les programmes de surveillance des télécommunications avaient permis de déjouer des “douzaines de complots terroristes”. En octobre, il révisa son estimation à la baisse, évoquant 13 “événements” en rapport avec le territoire américain, avant d'admettre que le nombre de menaces étouffées par le programme de collecte des métadonnées téléphoniques se montait à une ou peut-être deux. En fin de compte, ne resta qu'un seul complot à avoir été déjoué par plus de dix ans de collecte massive de fadettes téléphoniques : un habitant de San Diego arrêté pour avoir envoyé 8 500 dollars à un groupe militant somalien[1]. » À chaque attentat, l'appareil de renseignements fait valoir que son échec est dû au manque de moyens techniques et aux contraintes législatives, sous-entendu : la surveillance n'est pas encore assez totale. En France, les attentats de janvier ont sans surprise produit l'effet attendu. La lutte antiterroriste a bénéficié d'une enveloppe de 425 millions d'euros sur

1. « Loi sur le renseignement : les bugs du big data, *Libération*, tribune, 14 avril 2015.

trois ans, ainsi que l'embauche de 1 400 fonctionnaires au ministère de l'Intérieur. Une grande loi sur le renseignement a été votée au pas de course, qui légalise entre autres certaines pratiques comme le recours à des logiciels espions, aux appareils de géolocalisation aux capteurs de proximité pour les téléphones mobiles, et met en place chez les opérateurs Internet des algorithmes conçus pour déceler automatiquement une « menace terroriste ». En vingt ans, la France aura voté seize lois antiterroristes. « On est en train de bâtir une ligne Maginot numérique, s'agace un contre-espion français. Un vrai système de renseignements n'a pas vocation à surveiller tout le monde mais les bonnes personnes. Automatiser la surveillance ne sert à rien en matière de terrorisme, il faut impérativement de l'intelligence humaine pour faire le tri. »

En revanche, si elle se révèle passablement inefficace contre les terroristes, la surveillance liquide remplit à la perfection son rôle en matière politico-économique. Comme l'a révélé en octobre 2013 le journal allemand *Der Spiegel*, les grandes oreilles de la NSA se sont intéressées au téléphone portable d'Angela Merkel pour des raisons fort éloignées du terrorisme. La Maison Blanche aurait cherché à identifier, à partir des SMS de la chancelière, ses plus influents conseillers de l'ombre dans la crise de l'Eurozone. Dans la communauté du renseignement, on estime que 90 % des informations aspirées par Echelon, les grandes oreilles américaines, relèvent en fait de l'intelligence économique. Wikileaks, le site lanceur d'alerte, a notamment dévoilé que les téléphones – non sécurisés ! – de nos derniers Présidents en date, Jacques Chirac, Nicolas Sarkozy et François Hollande, ont été espionnés par l'Agence de sécurité. Les vives protestations qui se firent alors entendre n'ont pas été suivies d'effet. La NSA, en particulier en France, en a profité pour faire savoir qu'elle connaissait les turpitudes de la classe politique et, très vite, la tension est retombée.

Les informations butinées permettent aussi de détecter et neutraliser les indésirables grains de sable, les contestataires du système. Google a ainsi reconnu, en 2015, avoir livré aux autorités américaines les comptes Gmail de trois membres de Wikileaks. Les lanceurs d'alerte ne sont pas les seuls dans le collimateur de l'appareil de renseignements. En novembre 2008, le GCHQ, l'équivalent de la NSA à l'échelle de la Grande-Bretagne, a intercepté des mails de journalistes de nombreux pays, en les rendant consultables sur son Intranet par tous les agents habilités. Notamment des correspondances entre des journalistes et leurs rédacteurs en chef sur des articles en cours[1]. Le péril représenté par la presse quand elle fait son travail est expliqué noir sur blanc dans un document de la NSA. Ce mémo, récupéré par Snowden, précise que « les journalistes et les reporters de tous médias confondus représentent une menace potentielle pour la sécurité ». En particulier « les journalistes d'investigation spécialisés dans les questions de défense », qui « peuvent tenter des démarches formelles et informelles, notamment auprès d'anciens employés afin d'avoir accès à des informations officielles qui leur sont interdites ». Avec cette précision : « Ces façons de faire représentent une réelle menace. » Comme le reconnaît

1. « GCHQ captured emails of journalists from top international media », *The Guardian*, 19 janvier 2015.

Jean-Claude Cousseran, ancien directeur général de la DGSE, les services extérieurs français : « Le renseignement peut être corrosif pour la démocratie[1]. »

Plus surprenant, les géants du Net qui prônent la fin de la vie privée font tout, eux, pour se soustraire aux regards. La transparence qu'ils nous proposent est en fait une glace sans tain. « La capacité de surveiller les moindres faits et gestes des autres, tout en cachant les siens, est la forme la plus haute du pouvoir. C'est le ressort central d'entreprises comme Google ou Facebook », écrit Frank Pasquale, professeur de droit à l'université du Maryland aux États-Unis, et auteur de *The Black Box Society*[2], un livre dans lequel il dénonce l'existence d'une « boîte noire » de plus en plus impénétrable protégée par le secret militaire, industriel ou commercial. Guy Debord l'annonçait déjà dans *La Société du spectacle* : « Plus on parle de transparence, moins on sait qui dirige quoi, qui manipule qui, et dans quel but. » Pour reprendre l'analogie de Frank Pasquale, les big data sont, avec les agences de renseignements qu'elles alimentent, comme le roi de Lydie dans le deuxième livre de *La République* de Platon : elles ont récupéré l'anneau de Gygès qui permet de devenir invisible et ainsi de voir sans être vu soi-même. Apple ou Google entrouvrent leurs portes aux seuls journalistes qui ont montré patte blanche et savent qu'ils seront exclus du paradis au moindre article désobligeant. Les reporters du site américain CENT n'ont-ils pas été blacklistés pendant plus d'un an par Google

1. Jean-Claude Cousseran et Philippe Hayez, *Renseigner les démocraties, renseigner en démocratie*, Odile Jacob, 2015.

2. *Op. cit.*

pour avoir publié des informations sur Eric Schmidt, telles que son salaire, son adresse, ses hobbies ou certaines donations qu'il avait faites ? Des renseignements obtenus, ironie du sort, grâce au moteur de recherche de la firme.

S'assurer qu'il n'y ait plus jamais un Snowden pour ouvrir la boîte noire et en libérer les secrets inavouables, telle est l'obsession de la Matrice. L'humain est désormais identifié comme le maillon faible qu'il faut retirer de la boucle. Mieux vaut déléguer la surveillance de masse aux machines qui, elles, n'ont pas d'état d'âme. Puisque même au cœur de l'appareil de renseignements, dans le saint des saints, le cas de conscience est toujours possible. Tels ces quarante-trois réservistes de l'Unité d'élite 8200, sorte de NSA israélienne, qui, en septembre 2014, signaient une lettre ouverte dans laquelle ils dénonçaient les méthodes employées « pour contrôler des millions de Palestiniens ». La surveillance automatisée, elle, est totalitaire à la perfection.

La dictature décrite par Orwell dans *1984* est un modèle de domination dépassé sur le plan technologique.

Le réveil des objets

« Avec un objet connecté, on en sait plus sur vous qu'avec votre empreinte digitale. »

Éric Peres, vice-président de la Commission nationale de l'informatique et des libertés, décembre 2014.

On les appelle les entités communicantes. Des objets banals de notre quotidien, comme une lampe, une chaise, une poubelle, une cafetière électrique ou un frigo, qui dialoguent entre eux. Ils n'ont qu'un seul sujet de conversation : nous, les humains. Bienvenue dans le monde des commères numériques. Grâce à la prolifération des capteurs ou des puces sans contact, similaires à celles des cartes bancaires ou des passes de transport, notre environnement épie tous nos faits et gestes. Il les collecte puis les transmet à la Matrice. On assiste à une numérisation en accéléré du réel. Selon Google, dans moins de cinq ans, la moitié des compteurs électriques de la planète seront connectés. De même que 118 millions d'appareils électroménagers. Au total plus de 20 milliards d'entités communicantes peuplent notre environnement. En 2020, leur nombre aura sans doute dépassé les 30 milliards. Nous sommes entrés dans l'ère de la connexion permanente. Le numérique est en train d'avaler le réel, tel un univers en expansion qui cannibaliserait tout autour de lui. Jusqu'à présent, pour pénétrer dans le monde numérique, il nous fallait une porte d'entrée, une passerelle, qui pouvait être l'ordinateur, la tablette ou le mobile. Les big data s'activent à réduire les dernières zones blanches. Mark Zuckerberg a ainsi lancé le projet Loon qui vise, avec 11 000 ballons à l'hélium lâchés dans la stratosphère, à raccorder au réseau les 4 milliards d'humains encore privés d'Internet. Et la Toile nous enveloppe, sans même que l'on ait besoin de se connecter. Le smartphone géolocalisé n'était que l'avant-garde de cet « Internet des objets », comme le lancement très médiatisé des lunettes à réalité augmentée, les fameuses Google Glass, ou de l'iWatch, la montre connectée d'Apple.

La promesse d'un monde enchanté où les objets nous obéissent au doigt et à l'œil et devinent nos envies, où l'ampoule du salon va d'elle-même diffuser une lumière bleue, la couleur que l'on préfère, avec le niveau de luminosité qui sied à notre humeur, où la chaise qui nous aura reconnus va s'ajuster à la hauteur optimale et incliner son dossier quand ses capteurs de stress sentiront que nous avons besoin de nous étirer, et où, un peu plus tard, la cafetière avertie par la liseuse que notre rythme de lecture s'est ralenti, signe que nous luttons contre le sommeil, se mettra en marche pour nous servir un espresso, ce merveilleux avenir tel que le racontent les médias hypnotisés par le discours des rois de la Tech, en fait, c'est la promesse de nous faciliter la vie pour mieux nous monétiser. L'Internet des objets poursuit un seul but : satisfaire l'avidité de la Matrice pour les métadonnées. Tel un Moloch, son appétit est insatiable. C'est la logique du « toujours plus », cette goinfrerie inhérente aux big data. Une accumulation de données qui va alimenter sans fin la richesse d'une minorité et l'omniscience de l'appareil de surveillance. Nous croyons être des coqs en pâte, alors que nous sommes comme des moucherons pris dans une toile d'araignée, dont chaque mouvement est détecté, localisé, analysé. De nos habitudes, les firmes du numérique vont extraire un minerai à haute valeur ajoutée vendu aux annonceurs. La promesse de nous faciliter la vie vise en fait à nous réduire en consommateurs compulsifs. On nous incite à acheter de la manière la plus rapide, la plus automatique possible, presque sans y penser, comme dans un acte réflexe. Le « clic-achat », dans le jargon. Les ingénieurs d'Amazon – le plus grand marchand en ligne de la planète avec quelque 26 millions de produits vendus chaque jour – ont mis au point, en 2015, un petit boîtier qui, apposé sur la machine à laver ou l'imprimante, permet, par une seule pression du doigt, de renouveler, *via* Internet, son stock de lessive ou de cartouches d'encre. Vendu comme un gain de temps, le Dash Button préfigure la prochaine étape, celle des « objets intelligents » qui passent commande d'eux-mêmes.

Grâce aux big data, les marques fidélisent sans coup férir. Mais la matière la plus précieuse contenue dans les métadonnées, c'est le « taux de conversion », la probabilité de faire d'un consommateur potentiel un client. Un service pour lequel les annonceurs sont prêts à payer le prix fort. Pourquoi donc Google s'est-il lancé dans la construction d'une voiture ? Un projet qui a généré des séries de reportages et de pleines pages d'articles enthousiastes. D'abord pour tout savoir sur le conducteur et ses passagers, façon de conduire, radio préférée ou destinations favorites, afin de fournir des profils ultra-documentés pour un marketing ciblé. Mais pas seulement. En ligne de mire, il y a la voiture autonome, celle qui permettra d'améliorer le fameux taux de conversion. Le brevet déposé en 2011 par la firme de Mountain View fait partie du plan. Imaginez, alors que vous flânez en ville, qu'apparaisse sur votre smartphone une offre promotionnelle, accompagnée d'un transport gratuit jusqu'au commerce, qu'il s'agisse d'un magasin de sport, d'une agence de voyages ou d'un restaurant. L'algorithme vous donne l'estimation du temps que cela va prendre en tenant compte de votre localisation, de l'itinéraire et de l'état du trafic. Si vous êtes tenté, la Google Car la plus proche vient vous chercher et vous ramène ensuite où vous souhaitez. « Dans ce futur nouveau, vous n'êtes jamais perdu. Nous connaîtrons votre position au mètre près et bientôt au centimètre près », vantait ainsi Eric Schmidt, le patron de Google. Bien sûr, l'algorithme qui connaît votre position et celle du magasin a pris soin de comparer en temps réel le coût du transport et le bénéfice escompté par l'annonceur, qui, en fonction de ces données, a ajusté le montant de sa remise. Ce que fait déjà l'application Foursquare de votre mobile puisqu'elle connaît votre localisation et donc vos lieux de sortie favoris. De précieuses informations qui, une fois revendues, vont permettre aux marques de concocter des programmes de fidélisation *ad hoc*. Et comment résister à l'argument de la sécurité ? L'algorithme qui pilote la Google Car ne s'endort pas, n'est pas sujet à la distraction, ne risque pas d'être ébloui par les phares des autres véhicules, ni d'avoir consommé trop d'alcool, pas plus qu'il ne surestimera son temps de réaction.

Des voitures autonomes qui circuleront dans des villes « intelligentes », telle est bien l'une des ambitions des big data, bâtir la cité radieuse, où les lampadaires comme les trottoirs seront des mouchards... Nice a ainsi inauguré, en mai 2013, le premier boulevard connecté d'Europe. La chaussée, les réverbères, les conteneurs à ordures ont été farcis de capteurs qui analysent en temps réel le trafic, la qualité de l'air, le bruit ambiant, la température. Les poubelles, lorsqu'elles sont pleines, alertent les services de propreté. La luminosité des trottoirs est modulée en fonction du nombre de piétons. La ville est truffée de caméras « intelligentes » capables de lire sur les lèvres à 200 mètres. Ce mobilier urbain qui communique en wifi renseigne un ordinateur central qui pilote la ville.

Data City est une ville politiquement neutre, gouvernée par un mélange d'électricité et de numérique, de bases de données et d'ordinateurs. La gouvernance locale est en partie déléguée aux machines, jugées plus efficaces. Mieux qu'un conseil municipal encombré par le débat politique, la cité radieuse s'autogère sans idéologie. Son unique programme est la rentabilité du temps et de l'espace. Une ville sans citoyens donc, peuplée seulement de consommateurs dont il faut optimiser les achats. Un univers marchand parfait. Cela tombe bien, l'humanité est de plus en plus citadine. On estime que, en 2040, 70 % de la population mondiale devrait habiter en ville, contre moins de 40 %

aujourd'hui. Demain, les mégapoles en concurrence entre elles utiliseront l'argument Smart City pour attirer en leur centre les citadins les plus riches. La gestion informatisée du territoire permettra aux habitants de la planète, toujours plus nombreux, de s'entasser dans les périphéries des villes, toujours plus gigantesques. En perspective, un fantastique gisement de données à valoriser par les big data et un juteux marché estimé en 2016 à 39 milliards de dollars pour équiper ces Data Land en mobilier urbain « intelligent ». Dans cet écosystème homogène, transparent et régulé évoluera une multitude, elle aussi homogène et domptée. Dans l'esprit des big data, un lieu numérisé est un espace tranquillisé parce que surveillé, un service monnayable, comme on le trouve déjà dans les quartiers fermés et sécurisés qui prolifèrent un peu partout.

« Objets inanimés, avez-vous donc une âme ? », s'interrogeait Lamartine. Oui, une âme de surveillants. Le réveil des objets participe à la Grande Inquisition. Grâce à eux, les enfants seront en permanence sous le regard des parents. La marque de vêtements Gémo commercialise déjà pour les petits des manteaux avec traceur GPS intégré. La même chose existe pour les cartables. Les entités communicantes sont aussi là pour veiller sur notre santé. Après les balances électroniques connectées, Microsoft a inventé le terme de *wearables*. Des capteurs connectés que l'on porte sur soi, pour prendre des mesures en permanence. Compter le nombre de pas, les calories avalées, enregistrer le rythme cardiaque, la tension artérielle ou évaluer la qualité du sommeil. Les géants de la Tech s'engouffrent ainsi dans l'e-santé, un marché qui devrait peser 49 milliards de dollars d'ici 2020. Récemment,

Withings, un fabricant de bracelets intelligents, a sponsorisé une étude selon laquelle l'augmentation du nombre de pas moyen dans la journée entraînait une baisse significative de la tension artérielle. Une corrélation établie par des algorithmes. Cette quantification personnalisée du risque fait le bonheur des assureurs. Aux États-Unis, certains d'entre eux incitent déjà leurs assurés à s'équiper de pèse-personnes connectés, histoire de récompenser ceux qui affichent un indice de masse corporelle optimal. Depuis décembre 2014, la compagnie d'assurances américaine Oscar offre à tous ses clients un bracelet connecté. Les algorithmes développés par l'entreprise déterminent pour chacun, en fonction de son profil, le nombre minimal de pas à effectuer quotidiennement. Chaque fois que l'objectif chiffré est atteint, l'assuré gagne 1 dollar. Lorsque son compte affiche 20 dollars, il lui est proposé d'aller les dépenser sur le site d'Amazon, partenaire d'Oscar. Comme l'a dit à la presse américaine l'un des fondateurs d'Oscar : « Pourquoi ne donnerions-nous pas de récompenses à nos membres s'ils restent en bonne santé ? »... De plus en plus d'assureurs multiplient les promesses de bonus aux assurés qui acceptent de « collaborer dans leur propre intérêt ». Telle autre compagnie offre jusqu'à 15 % de remise sur le contrat d'assurance-décès si le client porte un bracelet connecté, fourni gratuitement, qui comptabilise par exemple le nombre de fois où il se rend dans sa salle de sport dûment géolocalisée. Dans l'un des contrats qu'elle propose, le tarif est réajusté chaque mois en fonction du bilan de santé qui lui est fourni. Un taux normal de cholestérol et une bonne pression artérielle rapportent 1000 points. Les variations de l'état psychique sont également prises en compte.

De là à étendre le système aux prestations sociales, il n'y a qu'un pas, que les Britanniques s'apprêtent à franchir. La ville de Westminster et sa banlieue réfléchissent à subordonner des aides, dont celle au logement, à la fréquentation de la salle de gym, dûment comptabilisée par les smartphones des administrés. À l'échelle du pays, l'idée se dessine d'une réduction d'impôt pour les contribuables « partenaires actifs de la santé », selon les mots du think tank 2020Health. Les capteurs santé connectés vont permettre d'affiner le QALY, pour Quality Adjusted Life Year, un outil inventé par la Grande-Bretagne, qui calcule la valeur d'une année d'existence, pondérée par la qualité de vie. À partir de cet instrument de mesure, on peut décider de rembourser ou pas tel médicament coûteux pour les finances publiques. Fred Wilson, l'un des plus influents « capital-risqueurs » américains, s'en réjouit : « Les technologues des big data sont les meilleurs alliés des gouvernements à la recherche d'économies[1]. » Avec les « objets intelligents » qui stigmatisent les mauvais citoyens, ceux dont les comportements déviants coûtent cher à la collectivité, s'insinue peu à peu l'idée que la santé est une affaire purement individuelle. L'occasion est trop belle pour Google et consorts de s'engouffrer dans le business du coaching santé, mais aussi d'accélérer le désengagement de l'État. Grâce aux entités communicantes, la Silicon Valley va pouvoir faire fondre les budgets de santé publique, incarnation par essence des politiques

1. « Making sense of Big Data », *op. cit.*

de solidarité. L'État providence, voilà bien l'ennemi pour ces partisans de l'idéologie libertarienne, celle du chacun pour soi. Ivan Illich, le philosophe de la décroissance, expliquait que la technique qui n'est plus en harmonie avec l'homme en devient une excroissance monstrueuse et finit par l'humilier, l'asservir et le défaire au lieu de lui être bénéfique.

Que dire de ce bracelet baptisé « Pavlok » (*sic*) proposé par une start-up américaine ? Connecté à votre smartphone, il vous envoie une décharge électrique plus ou moins forte si vous n'atteignez pas le but que vous vous êtes fixé, comme arrêter de fumer, de se ronger les ongles ou de se coucher tard. Et cette oreillette « intelligente » qui analyse les sons et les mouvements de votre mâchoire pour en déduire la vitesse, les quantités avalées et le nombre de calories ingérées, en fonction du menu que vous avez entré dans l'application ? Dès que vous risquez de dépasser le seuil calorique fixé, l'oreillette « intelligente » vous sermonne... On le voit, le souci de soi prôné par les big data a peu à voir avec le souci de soi tel que l'entendaient les Grecs anciens. Il ne s'agit plus de suivre de son propre chef des principes favorisant un équilibre physique et psychique afin de mener une existence saine et une vie harmonieuse, mais d'une gestion de la performance visant à se conformer à un modèle imposé par la statistique. L'avènement des « objets intelligents » va imposer à l'échelle de la planète « la normalisation disciplinaire » que redoutait le philosophe Michel Foucault. Laquelle consiste à « rendre les gens et les actes conformes au modèle ». Par culpabilité ou par peur de ne pas être dans la norme, chacun devient son propre censeur. L'exact inverse de ce que scandent les champions de la Silicon Valley : grâce à nous, l'individu est de plus en plus libre.

Après avoir changé les objets qui nous entourent en entités communicantes, les big data pourraient demain faire de l'homme lui-même un objet. Une start-up américaine teste déjà une puce sans contact, qui, insérée sous la peau, permet de déverrouiller une serrure électronique ou de régler certains achats. En 2015, la société suédoise Epicenter l'a implantée à 250 salariés volontaires qui s'en servent notamment pour payer le self. Le géant du paiement en ligne, PayPal, travaille sur une pilule qui, une fois avalée, permettra de ne plus avoir à taper ni à se souvenir d'aucun mot de passe. Une variante étant le tatouage électronique. Mis au point par des chercheurs américains, ces circuits imprimés qui se collent à la peau surveillent par exemple la température, la fréquence cardiaque, le taux de globules blancs ou la pression artérielle. Voilà le symbole ultime de l'aliénation. Porter sur la peau la marque des big data...

Le dîner des rois

> « Au-dessus de ceux-là s'élève un pouvoir immense et tutélaire, qui se charge seul d'assurer leur jouissance et de veiller sur leur sort. Il est absolu, détaillé, régulier, prévoyant et doux. Il ressemblerait à la puissance paternelle si, comme elle, il avait pour objet de préparer les hommes à l'âge viril ; mais il ne cherche, au contraire, qu'à les fixer irrévocablement dans l'enfance ; [...] C'est ainsi que tous les jours il rend moins utile et plus rare l'emploi du libre arbitre ; qu'il renferme l'action de la volonté dans un plus petit espace, et dérobe peu à peu chaque citoyen jusqu'à l'usage de lui-même. »
>
> Alexis de Tocqueville,
> *De la démocratie en Amérique*, 1840.

Ce 17 février 2011, ils sont tous là, les 14 géants du Net conviés par le président des États-Unis, pour un dîner en leur honneur à la Maison Blanche. Ce soir-là, Barack Obama caresse l'idée de prendre, s'il est réélu, Eric Schmidt, le patron de Google, comme secrétaire d'État au Commerce. Ce « dîner des rois », comme l'a appelé la presse US et dont l'Administration américaine a publié deux clichés sur le site de partage de photos Flick.fr, marque un tournant dans la prise du pouvoir des big data. Grâce à un programme élaboré par un informaticien du nom de Rayid Ghani, spécialiste de l'analyse prédictive, les firmes de la Silicon Valley seront les artisans de la victoire de Barack Obama en 2012. Pendant plusieurs mois, une cinquantaine d'informaticiens s'enferment dans une salle secrète du QG de campagne baptisée « la Grotte ». Leur travail : traiter des milliards de métadonnées collectées sur la Toile, à partir des commentaires des internautes, afin de repérer les Américains susceptibles de voter pour le candidat démocrate. Un ciblage qui permet d'isoler chaque citoyen indécis sur lequel il faut porter l'effort pour le faire basculer, avec un discours approprié. Un porte-à-porte optimisé et personnalisé, qui aura fait la différence. Cinq ans plus tôt, Obama, déjà aidé par la technologie du big data, qui lui avait permis d'envoyer 1,2 milliard de mails personnalisés, avait gagné au point contre son adversaire républicain.

La méthode a inspiré jusqu'à l'équipe de François Hollande, qui, pendant la présidentielle de 2012, a imité la Web campagne d'Obama pour mettre en place une sorte de « grotte à la française ».

Depuis plus d'un siècle, les hommes politiques vivent accompagnés d'instituts de sondages qui leur fournissent des analyses afin de coller plus ou moins leurs argumentaires de campagne aux attentes de l'opinion. Avec les big data, capables de traiter des milliards de données et d'en extraire un profil politique individuel, enrichi d'un potentiel de réaction à telle ou telle décision, on est passé à une autre étape. Fini l'échantillon d'un millier de sondés. Il est maintenant possible de traiter chaque individu jusqu'au plus profond de ses convictions. En retour, l'outil influence le résultat, comme il l'a fait pour Obama, en repérant les indécis et en induisant leur vote. Ce sont bel et bien les maîtres des mégadonnées qui font les élections dans la plus grande démocratie américaine. Google peut-il faire basculer une élection ? La réponse est oui à la lecture du journal de l'Académie des sciences américaine[1]. Deux chercheurs américains ont demandé à 2 100 Australiens, répartis en trois groupes, de taper le nom de l'un des deux aspirants pour le poste de Premier ministre aux élections australiennes de 2010, sur un moteur de recherche truqué pour que les premières pages Web affichent des résultats favorables, défavorables ou neutres. Les intentions de vote pour l'un ou l'autre candidat basculaient de 37 % en fonction de l'orientation donnée par les moteurs de recherche. Une influence incomparable à celle des médias traditionnels, car, comme le soulignent les scientifiques, les internautes font beaucoup plus confiance à l'information piochée sur le Net et croient dur comme fer en la neutralité apparente des moteurs de recherche, alors qu'ils se méfient de plus en plus de ce que la presse écrit ou des commentaires des journalistes à la télé. Et les auteurs d'en conclure que l'influence des résultats des moteurs de recherche sur l'issue d'un scrutin constitue une menace pour un système démocratique. Qu'un Président démocrate ait été le premier à adhérer à un système de marketing politique basé sur un traitement exhaustif

1. R. Epstein, R. Robertson, « The search engine manipulation effect and its possible impact on the outcomes of elections », PNAS, août 2015.

de données donne la mesure de la dérive des sociétés démocratiques passées sous l'influence de ces conglomérats du numérique. En fonction de ce que ses clients téléchargent, le géant du streaming musical, Spotify, n'assure-t-il pas être en mesure de savoir si tel État américain est démocrate ou républicain... ?

En avril 2015, alors qu'elle se lance dans la course à la primaire démocrate, Hillary Clinton recrute Stephanie Hannon, directrice de « l'innovation civique et de l'impact social » chez Google, avec pour mission d'imaginer de « nouvelles formes de rapport avec les électeurs à l'ère des réseaux sociaux et du numérique ». Elle a sous ses ordres une « armée » de développeurs et d'ingénieurs. À charge pour eux d'inventer des applications pour mobiliser les électeurs, multiplier les militants et lever des fonds. La réussite est au rendez-vous. Avec 45 millions de dollars récoltés en trois mois, l'ancienne secrétaire d'État pulvérise les records. Non seulement les big data donnent le coup de pouce décisif pour convaincre les électeurs, mais en plus, en amont, grâce à leurs algorithmes, elles participent aussi à la collecte d'argent, une aide vitale face à l'inflation du coût des campagnes américaines. La dernière élection présidentielle aura représenté 2,6 milliards de dollars pour le parti démocrate.

La relation entre les politiques et les géants du traitement de données n'est évidemment pas à sens unique, ces derniers attendent un retour sur investissement de leurs « champions », dont ils pensent pouvoir faire à terme d'authentiques marionnettes. Cet asservissement de la classe politique, les big data en ont l'utilité et les moyens. La fusion qu'elles ont amorcée avec le monde du renseignement a permis d'assurer une surveillance accrue du personnel politique. Les algorithmes de la NSA enregistrent les petits secrets et les turpitudes, bien plus efficacement encore que ne le faisait John Edgar Hoover, le redoutable patron du FBI. Jamais l'appareil de renseignements américain, ce morceau de l'État, désormais hybridé aux big data, n'aura été aussi puissant. Une force qui peut se retourner contre ses géniteurs.

Par leur puissance même et leurs ambitions, ces supermultinationales contestent la légitimité des gouvernements élus. De leur point de vue, quelle est la nécessité à terme de cette incarnation obsolète du pouvoir par des hommes et des femmes politiques complètement dépassés, alors que les big data connaissent tout de nos envies, de nos désirs, de nos attentes, et se considèrent capables de les satisfaire avant même que nous les exprimions ? Preuve que le pouvoir n'est plus entre les mains des politiques, Ruth Porat, vice-présidente de la puissante banque d'investissement Morgan Stanley, a décliné en 2013 la proposition du poste de secrétaire adjointe au Trésor, lui préférant celui de directrice financière de Google... Tout comme Barack Obama n'était pas parvenu à faire d'Eric Schmidt un secrétaire d'État au Commerce. Le pari de la Silicon Valley est celui de la gouvernance par les données. S'affranchir du débat politique dans un souci de performance, et remplacer les lois par des règles algorithmiques.

Intervenant dans une conférence interne à Google, Jennifer Pahlka, vice-présidente de la technologie pour l'Administration américaine, explique avec enthousiasme qu'un gouvernement devrait fonctionner comme Internet. Le philosophe chercheur américain

Evgeny Morozov, spécialiste de l'influence des technologies sur la société et auteur d'un livre cruellement intitulé *Pour tout résoudre, cliquez ici. L'aberration du solutionnisme technologique*[1], dénonce, lui, la prise de pouvoir des données et la mort de la politique : « En plus de rendre nos vies plus efficaces, ce monde intelligent nous met devant un choix politique intéressant. Si tant d'éléments de notre comportement quotidien sont déjà capturés, analysés, pourquoi s'en tenir à des approches non empiriques de la réglementation ? Pourquoi s'appuyer sur les lois quand on a des capteurs et des boucles de rétroaction ? » Et d'enfoncer le clou : « La technologie n'est-elle pas là pour nous aider ? Ce nouveau type de gouvernance a un nom : la réglementation algorithmique. Dans la mesure où la Silicon Valley a un programme politique, c'est bien celui-ci. » Au lieu de gouverner les causes, ce qui nécessite de l'imagination et du courage pour affronter la complexité, on contrôle les effets.

Les big data destituent les politiques. Un coup d'État invisible qui vise à vider la démocratie de sa substance, à ne laisser que la coquille en apparence intacte. Ne restent que le décorum des institutions et le rendez-vous sacralisé des élections. La citoyenneté n'est plus qu'un mot fossile, vestige de l'héritage grec. À Athènes, le citoyen était le centre de gravité. Exercer sa citoyenneté était une activité quotidienne qui rythmait la vie. Comme le déplore le philosophe italien Giorgio Agamben, auteur de *L'Homme sans contenu*, « la citoyenneté se limite désormais à un statut juridique et à l'exercice d'un droit de vote

1. FYP éditions, 2014.

ressemblant de plus en plus à un sondage d'opinion[1] ». D'autant que la dépolitisation massive que l'on observe en Occident fait les affaires des big data qui rêvent de neutraliser le citoyen pour ne garder que le consommateur producteur de données.

Quand Barack Obama s'enflamme : « Nous possédons l'Internet », il exprime cette nouvelle réalité : la puissance de son pays repose sur les géants du numérique. Internet a offert aux États-Unis une fantastique opportunité non seulement pour conserver mais aussi pour renforcer leur leadership planétaire. La frénésie de connectique qui frappe l'être humain pour communiquer toujours plus vite et toujours plus loin a permis de tendre un immense filet dans lequel tombe à présent toute information émise sur la planète. Aucune guerre de conquête n'aurait mené à un tel résultat. Les États-Unis n'ont d'ailleurs jamais cherché à posséder par la force plus de territoires, ce qui leur importe n'est pas de conquérir le monde mais de le dominer. Pesant de moins en moins démographiquement – moins de 5 % de la population mondiale aujourd'hui –, ils ont misé sur la maîtrise de l'infosphère avec quinze ans d'avance sur la vieille Europe. L'État américain s'est adapté, en opérant un transfert de pouvoir du politique vers les Gafa. Par hybridation, les États-Unis sont en train d'engendrer une entité nouvelle. Cette dernière conglomère les intérêts de l'appareil d'État et ceux d'une supra-oligarchie née du numérique.

L'économie du Net est l'essence même de la mondialisation. Aucune frontière ne lui résiste et ses dirigeants n'attendent de la classe politique qu'un laisser-faire

1. *Le Monde diplomatique*, janvier 2014.

absolu afin de profiter librement de leur extraterritorialité par une fiscalité dérogatoire. L'information et son corollaire, le renseignement, ne doivent plus connaître de frontières. En 2014, grâce à d'habiles montages financiers, Facebook a versé au fisc français 319 167 euros pour des bénéfices estimés à 266 millions d'euros, soit 109 fois moins que l'impôt dont elle aurait dû s'acquitter[1]. La firme est passée maître en optimisation fiscale. Ainsi, pour encaisser les revenus des publicités ciblant les internautes français, Facebook a spécialement créé une filiale en Irlande où le taux d'imposition sur les sociétés est presque trois fois moindre. Même tropisme irlandais pour de nombreuses firmes de la Tech. L'autre avantage caché de l'Irlande, c'est qu'elle a autorisé les filiales des multinationales établies sur son sol à se domicilier fiscalement dans des paradis fiscaux à l'étranger, par exemple aux îles Vierges britanniques, comme Apple.

Sous la pression de ses partenaires européens, l'Irlande a sifflé la fin de la partie. Mais les multinationales qui pratiquaient le *double irish* auront jusqu'en 2020 pour rentrer dans les clous. En octobre 2015, la Commission européenne a déclaré illégaux les accords fiscaux obtenus par Apple et Amazon en Irlande et au Luxembourg. C'est aussi sous la pression des démocraties européennes qu'Amazon, dont le P-DG est devenu l'année dernière le quatrième homme le plus riche de la planète avec une fortune personnelle évaluée à 59,7 milliards de dollars, a cessé de déclarer ses recettes françaises au Luxembourg. On comprend mieux dès lors pourquoi les big data s'enthousiasment

1. BFM Business TV, 21 janvier 2015.

pour des projets de « villes nations flottantes » situées hors des eaux territoriales, là où l'impôt n'existe pas. Des îlots d'individus agrégés par des intérêts financiers communs.

Au cours du premier trimestre 2015, Apple a battu le record mondial de bénéfices jamais engrangés sur trois mois par une entreprise, soit 18 milliards de dollars. La quantité de cash actuellement disponible dans ses caisses bat aussi tous les records avec 216 milliards de dollars. Un trésor de guerre logé hors des États-Unis, comme l'essentiel de ses bénéfices qui sont déclarés dans les paradis fiscaux. Cette évaporation se fait avec l'assentiment du fisc américain. Et lorsque, contraint par des contribuables qui trouvent qu'Apple pousse le bouchon un peu loin, le Congrès convoque Tim Cook pour une audition, elle tourne à la farce. Au lieu de passer sur le gril le P-DG, les sénateurs s'extasient. « J'aime Apple, j'adore Apple », déclare une sénatrice, tandis que ses collègues disent toute leur « admiration » pour la marque. « L'Amérique a été témoin d'une audition vraiment surréaliste, ce fut un moment extraordinaire dans l'histoire des entreprises américaines », raconte ainsi l'historienne Margaret O'Mara, spécialiste de l'industrie de la hi-Tech américaine[1]. Quand, début 2015, l'Europe tape du poing sur la table, accusant Google d'abus de position dominante et Facebook de ne pas protéger la vie privée de ses utilisateurs, Barack Obama monte au créneau. « Si l'Europe tape sur Google et Facebook, ce n'est pas au nom de la défense de la vie privée qui

1. *L'Obs*, 23 avril 2015.

n'est qu'un prétexte, lance-t-il, c'est pour des raisons commerciales que l'Europe cherche à les bloquer. »

Comme le décrypte Fred Turner, sociologue des sciences à l'Université de Stanford et auteur d'*Aux sources de l'utopie numérique. De la contre-culture à la cyberculture*[1], les big data « ne veulent pas de réglementations strictes puisqu'elles sont des gens spéciaux capables de créer de meilleures règles que le gouvernement. Elles ne veulent pas non plus de règles éthiques imposées de l'extérieur puisque leur jugement éthique est par définition supérieur ». Leur idéologie sous-jacente, c'est le libertarisme, la loi du marché poussée à l'extrême, la possibilité de tout acheter et de tout vendre sans limite réglementaire. La voie est libre puisque la seule alternative idéologique mondiale, le communisme, qui avait accouché d'un monstre inefficace et liberticide, est mort autoempoisonné. Nourrie par une hyper-avidité, l'accumulation devient une fin en soi. Aujourd'hui, les 62 personnes les plus riches de la planète détiennent autant de ressources que la moitié de l'humanité la plus pauvre, soit 3,5 milliards d'individus[2], Bill Gates étant à la tête de cette oligarchie mondiale, avec 79 milliards de dollars. Mark Zuckerberg, le boss de Facebook, a intégré en 2015 le club des vingt personnalités les plus riches de la planète, tandis que la même année, le plus jeune des milliardaires était Evan Spiegel, vingt-quatre ans, créateur de Snapchat, l'application de partage photos et vidéos sur mobiles. Le 18 juillet 2015, Larry Page et Sergueï Brin, les deux fondateurs de Google,

1. C&F Éditions, 2013.
2. Oxfam, 2014.

ont gagné chacun en une seule journée 4 milliards de dollars grâce à la valorisation de leurs titres boursiers. Les start-ups américaines de la hi-Tech sont « la solution au problème de l'inégalité économique », a promis Eric Schmidt. Le président du conseil d'administration de Google, dont la fortune personnelle est estimée à plus de 10 milliards de dollars, explique à qui veut l'entendre que des projets technologiques développés ou soutenus par Google avaient permis d'améliorer l'éducation en Afrique ou la santé des diabétiques... « Si ces firmes peuvent agir à la limite de la légalité, en matière de fiscalité, de droit de la concurrence et de protection de la vie privée... », c'est bien parce qu'elles sont « liées à l'élite gouvernementale », rappelle Frank Pasquale[1]. « La Silicon Valley, la haute sphère financière de New York et le sommet du renseignement militaire de Washington forment un bloc de plus en plus unifié. »

Le tour de force de cette hydre à trois têtes, qui nous mijote un futur d'inégalité absolue et de surveillance totale, est de présenter un seul visage, *very friendly*. L'entité monstrueuse qui abrite désormais la puissance américaine a su s'incarner dans ces nouveaux héros qu'elle a fabriqués. Bill Gates, Steve Jobs, Larry Page ou encore Mark Zuckerberg participent du storytelling des pionniers à qui tout est possible à condition de s'en donner les moyens, le « *Yes we can* » d'Obama. Et ne voyons pas le mal partout. Comme le dit le slogan de Google, *Don't be evil* (« Ne soyez pas malveillant »)...

1. *The Black Box Society*, *op. cit.*

Google m'a tuer

« Ce n'est qu'une fois que nous aurons obtenu leur attention que nous pourrons espérer conquérir leur cœur et leur esprit. »

Eric Schmidt, président exécutif du conseil d'administration de Google, juin 2011.

Los Altos est l'un des lieux les plus riches de la Californie. Dans cette ville résidentielle aux larges allées plantées de séquoias et d'abricotiers, que surplombe le siège de Google sur Mountain View, fonctionne une école non connectée. Les trois quarts des élèves ont des parents qui travaillent chez Hewlett-Packard, Apple, Yahoo et Google. Au cœur de la Silicon Valley, dans le fief des big data, les enfants scolarisés à la Waldorf School of the Peninsula n'ont pas le droit de toucher un écran de smartphone, d'iPad ou d'ordinateur avant la classe de quatrième. Les têtes pensantes du numérique prennent soin de protéger leur progéniture du monde qu'ils préparent pour les enfants des autres. Prenez Evan Williams, le cofondateur de

Twitter, plutôt que d'offrir un iPad à ses enfants, il leur achète des centaines de vrais livres. Chez Steve Jobs, le créateur d'Apple, lors du repas familial du soir, l'iPhone ou l'iPad étaient strictement interdits. « Chaque soir, Steve tenait à ce que toute la famille dîne à la grande table de la cuisine pour parler de livres, d'histoire et de toutes sortes de choses. Personne ne sortait jamais son iPad ou son ordinateur. Les enfants n'avaient pas l'air du tout d'être dépendants de ces appareils », a confié au *New York Times* le biographe du patron d'Apple[1]. Récemment, des pédopsychiatres, pédiatres, psychologues, enseignants et orthophonistes se sont fendus d'une tribune commune dans la presse pour demander d'« éloigner les enfants » des tablettes. En comparant les bambins connectés avec d'autres moins exposés, ils expliquent avoir relevé une série de conséquences néfastes. Lorsqu'elle devient le principal outil de stimulation, la tablette « augmente les troubles de l'attention », « retarde l'émergence du langage, « entrave la construction du principe de causalité et des premières notions de temps », « altère le développement de la motricité fine et globale », et « nuit à une socialisation adaptée »[2], énumèrent-ils. Les études scientifiques montrent que l'exposition massive aux écrans génère des incidences négatives majeures sur le développement des fonctions cognitives, confirme Michel Desmurget, directeur de recherche en neurosciences

1. « Steve Jobs was a low-tech parent », *New York Times*, 10 septembre 2014.

2. « Les tablettes, à éloigner des enfants », *Le Monde*, 16 septembre 2015.

à l'Inserm, notre Institut national de la santé et de la recherche médicale.

L'inquiétude des chercheurs n'a pas empêché Steve Jobs, soucieux d'étendre toujours plus le pouvoir d'Apple, de donner pour consigne à ses équipes marketing, peu de temps avant sa mort, de faire pression sur les écoles primaires pour que les élèves aient des iPad afin d'apprendre à lire dessus, sans passer par des livres papier. Objectif : utiliser l'école comme tête de pont pour ses produits et faire des élèves de futurs acheteurs en les familiarisant le plus tôt possible à l'outil. Pour s'imposer dans les établissements scolaires, face aux autres constructeurs de tablettes, Apple a d'ailleurs assoupli ses sacro-saintes règles d'utilisation qui exigent de rentrer son identifiant chaque fois que l'on souhaite ajouter du contenu dans son iPad. Le marché du livre numérique est un fantastique filon parce que, après avoir vendu la tablette, il est encore possible d'engranger de l'argent. Avec 170 millions d'iPad déjà écoulés dans le monde, la firme s'assure une coquette rente puisqu'elle prélève sa dîme sur chaque ouvrage téléchargé. En prime, le temps de lecture est monétisable. Les ebooks sont en effet truffés de logiciels espions qui scrutent vos habitudes de lecture. C'est ainsi que, en décembre 2014, le fabricant de la tablette Kobo, l'un des leaders mondiaux du secteur, partenaire en France de la Fnac, annonçait, après avoir mouliné sa base de données de 21 millions d'utilisateurs, que seuls 7,3 % des lecteurs qui avaient acheté le dernier Zemmour l'avaient lu jusqu'au bout et qu'un tiers de ceux qui avaient téléchargé le livre de Valérie Trierweiler en version numérique s'étaient arrêtés avant la fin. Dans le choix des livres et la manière de les lire, les big data récupèrent de précieux renseignements, ensuite revendus aux éditeurs et aux annonceurs qui cherchent à mieux cibler les consommateurs. En France, les deux principaux sites de téléchargement illimité de livres numériques se financent grâce à la collecte de ces données de lecture. YouBoox, par exemple, propose aux éditeurs un site dédié sur lequel ils ont accès au profil de leurs lecteurs.

Avec l'ebook, il ne s'agit pas seulement de dématérialiser un livre, mais de « l'augmenter », de « l'enrichir », de le rendre « dynamique » par de multiples liens hypertextes, autant de passerelles vers le réseau qui vont perturber la lecture avec des sons, des vidéos, des notes en tout genre. Les big data suivent un objectif : allonger le temps de connexion, ce moment « fructifiable ». Le lecteur plongé dans son livre papier est inatteignable, n'étant pas raccordé au réseau, il ne fournit aucune donnée, ne présente aucun intérêt marchand. « La dernière chose que souhaitent les entrepreneurs du Net est d'encourager la lecture lente, oisive, ou concentrée. Il est de leur intérêt économique d'encourager la distraction », dénonce l'essayiste américain Nicholas Carr, auteur de *Internet rend-il bête ?*[1]. Le lecteur numérique est le prolongement de l'individu hyperconnecté qui, comme une abeille devenue folle, se livre à un butinage compulsif, sautant constamment d'un sujet à un autre. La pensée s'émiette, la réflexion se fait par spasmes. « Ce passage incessant d'une connexion mentale à sa déconnexion, la superposition constante de registres multiples et hétérogènes, la dépendance perpétuelle aux écrans, messages, sollicitations

1. Robert Laffont, 2011.

de toutes natures risquent de modifier en profondeur les manières de penser, mais aussi de ressentir », prévient le philosophe Roger-Pol Droit[1]. On a récemment découvert que la lecture d'un ebook n'active pas dans notre cerveau les mêmes zones que celles d'un livre papier. Preuve que l'ebook agit en profondeur sur la structure même de notre pensée. Son lecteur est moins réceptif au message et sa compréhension s'en ressent. Des chercheurs de l'Université d'Alberta se sont livrés à une expérience édifiante. Ils ont fait lire à deux groupes de cobayes une même nouvelle. Résultat : 75 % de ceux qui avaient eu droit à un texte enrichi ont indiqué avoir eu des difficultés à suivre l'histoire, contre 10 % pour les autres. Patricia Greenfield, professeur de psychologie de l'Université de Californie, experte du développement de l'enfant, assure que l'usage croissant d'Internet aurait « fragilisé notre capacité à acquérir des connaissances profondes, à mener des analyses inductives, à produire de l'esprit critique, de l'imagination, et de la réflexion[2] ». Elle n'est pas la seule scientifique à s'inquiéter. « L'explosion actuelle de la technologie numérique non seulement change notre façon de vivre et de communiquer, mais elle altère notre cerveau rapidement et profondément[3] », alerte Gary Small, professeur de psychiatrie à l'Université de Californie. Jamais une

1. Monique Atlan, Roger-Pol Droit, *Humain. Une enquête philosophique sur ces révolutions qui changent nos vies*, Flammarion, 2012.

2. *Ibrain : Surviving the Technological Alteration of the Modern Mind*, HarperCollins, 2008.

3. « Technology and Informal Education : What is Taught, What is Learned », *Science*, 2 janvier 2009.

technologie n'avait provoqué en un temps si court un tel bouleversement de nos schémas de perception.

Pour le plus grand bonheur des big data, le cerveau humain, avide de stimuli, est une proie facile. Au paléolithique, la dispersion était une condition de survie. L'attention diffuse, à 360 degrés, permettait de détecter dans les bruits de fond le signal d'un danger et de l'anticiper. L'esprit en veille flottante captait comme autant d'alertes le moindre bruit, une nouvelle odeur ou un mouvement suspect. Rester trop longtemps concentré sur un unique objet d'attention pouvait se révéler mortel. Une expérience célèbre, dite « du Gorille invisible », montre à quel point, lorsque le cerveau se focalise sur une tâche unique, il fait abstraction de tout le reste. Dans cette étude, les scientifiques font visionner la vidéo d'un match de basket en demandant à l'auditoire de compter avec précision le nombre de passes entre les joueurs habillés en blanc. La moitié des participants enrôlés dans le test ne repèrent pas le joueur déguisé en gorille qui traverse le terrain de jeu en se frappant le torse.

Sans cesse diverti par les sollicitations numériques, notre cerveau en redemande. Comme l'industrie agroalimentaire a su jouer avec notre appétence naturelle envers le gras, le sucre et le sel pour nous faire remplir plus que de raison nos Caddies, les firmes du numérique utilisent le goût de notre cerveau pour le picorage effréné de l'info. Le flot continu d'alertes sur le téléphone portable provoque un stimulus artificiel qui induit une perte de contrôle, une forme d'hypnose numérique. Notre attention, captée par une foule de choses souvent insignifiantes, ne parvient plus à se fixer, elle s'éparpille comme les pièces d'un puzzle.

Nous perdons notre capacité à nous concentrer, à réfléchir. « Nous ne reviendrons pas en arrière, nous ne reviendrons pas à un temps pré-numérique. Mais nous ne devrions pas accepter une embardée vers l'avant sans comprendre ce que le "répertoire cognitif" de notre espèce risque de perdre ou de gagner », s'inquiète Maryanne Wolf, psychologue du développement à l'Université Tufts dans le Massachusetts[1]. Peu à peu, la lecture en profondeur s'efface. Relire Proust ou Tolstoï devient une lutte contre soi-même et un exercice douloureux pour notre cerveau habitué à papillonner. Pourtant, « hors des réseaux et des flux incessants d'informations, des sollicitations, le livre est peut-être l'un des derniers lieux de résistance, affirme Cédric Biagini, auteur de *L'Emprise numérique. Comment Internet et les nouvelles technologies ont colonisé nos vies*, la critique la plus aboutie sur le monde que nous préparent les big data[2]. « Plus que jamais, le livre papier, dans sa linéarité et sa finitude, constitue un espace silencieux qui met en échec le culte de la vitesse, permet de maintenir une cohérence au milieu du chaos », explique l'essayiste. On ne fouille plus la profondeur des mots, on reste en surface, on ricoche dessus. Le Web est devenu une machine à simplifier le réel, jusqu'au langage lui-même. *Tweeter*, qui signifie haut-parleur, en est le symptôme le plus spectaculaire avec une compression de la pensée en 140 caractères maximum. Aujourd'hui, au sortir du primaire, certains élèves, hyper-connectés

1. « Le nouvel âge de l'automatisation », *Les Entretiens du nouveau monde industriel*, décembre 2013.
2. L'Échappée, 2012.

pour la plupart, se débattent avec 500 mots de vocabulaire. En contribuant à l'appauvrissement du langage, les marionnettistes du big data réduisent la diversité sémantique, simplifient et standardisent notre vision du monde. Par un étouffement de l'esprit critique, ils s'immunisent, par la même occasion, contre une remise en cause du système.

L'école, qui aurait pu être un espace de réflexion déconnecté, un lieu de résistance où l'on ensemence l'esprit critique, accompagne le mouvement. Najat Vallaud-Belkacem a foncé tête baissée avec son plan « Tablette pour une éducation digitale » qui a prévu, pour commencer, d'équiper toutes les classes de cinquième. Un milliard d'euros sur trois ans va être consacré à ce grand bond en avant numérique, avec l'objectif que la France « puisse être leader dans l'e-éducation ». Le corps enseignant a peu protesté, espérant pouvoir capter de nouveau l'attention des élèves qui, shootés par des décharges d'excitation émotionnelles, ne supportent plus le temps long de l'école, pourtant indispensable à l'apprentissage. Comme le rappelle le philosophe Éric Sadin, il est vital que l'enseignement favorise « une salutaire forme d'écart », justement ce qu'offre le livre imprimé. « Objet physiquement clos à lui-même mais ouvert à toutes les expériences de la connaissance et de l'imaginaire. Il s'expose au regard dans une altérité située à distance qui appelle la concentration, indispensable à la réflexion et à la maturation du savoir. » Et l'auteur de *La Vie algorithmique*[1] de regretter : « Le pouvoir politique

---

1. *La Vie algorithmique. Critique de la raison numérique*, L'Échappée, 2015.

subit une pression croissante exercée par le lobbying numérico-industriel. » La prochaine étape est celle du maître électronique. L'école traditionnelle est désormais concurrencée par les Moocs, pour Massive Open Online Courses. Ces cours magistraux en ligne qui rassemblent simultanément plusieurs millions d'élèves dématérialisent le professeur. L'humain, source de créativité et de confrontation intellectuelle, est ainsi remplacé par un gavage et un contrôle automatisé des connaissances. L'école ne forme plus des citoyens mais des individus optimisés pour l'économie numérique, dans le meilleur des cas des consommateurs critiques.

« Enfermer l'humanité dans l'univers utilitaire et manipulable de la quantité[1] », pour reprendre l'expression de l'historien et professeur au Collège de France Marc Fumaroli, tel est le dessein des big data. Un monde noyé dans un temps immédiat, succession de moments dévolus à la consommation. L'homme n'a jamais cessé d'avoir des expériences différentes du temps, mais ce présent dans lequel nous vivons est vraiment différent. C'est ce que constate l'historien François Hartog, l'un des meilleurs spécialistes de l'Antiquité grecque, qui a inventé l'expression de « présentisme ». Parce que c'est « un présent qui veut être son propre horizon, qui se veut autosuffisant. Dans un sens, ce présent comporte à la fois tout le passé et tout le futur dont il a besoin. Il a aussi cette caractéristique d'être une espèce de présent éternel, disons plutôt perpétuel[2] ». Dans cet emprisonnement

1. « Les humanités au péril d'un monde numérique », *Le Figaro*, 31 mars 2015.

2. Roger-Pol Droit, *Vivre aujourd'hui. Avec Socrate, Épicure, Sénèque et tous les autres*, Odile Jacob, 2010.

temporel, le seul horizon, c'est l'instant. Autant dire le rien. Ce que Nietzsche résumait d'une formule : « L'instant : il était là, et hop, le voilà parti ; un néant le précède, un néant lui succède. » C'est la disparition du temps linéaire. Sur le Web, il n'existe d'ailleurs ni début ni fin. Les big data ont fait un sort à Hérodote, l'inventeur de l'Histoire. Celui qui composa, il y a deux mille cinq cents ans, le premier récit historique de l'humanité ne voulait pas seulement décrire les événements, mais, comme le souligne Roger-Pol Droit, « remonter le fil de ce qui a produit ce résultat que chacun a sous les yeux ». Hérodote aura inoculé dans la culture occidentale l'idée de continuité, la conscience que nous faisons partie d'une même chaîne, dépositaires de ceux qui nous ont précédés, et responsables de ceux qui suivront. La disparition du sentiment de solidarité envers les générations futures risque de coûter cher à l'espèce humaine face aux bouleversements climatiques.

En effaçant la chronologie, en gommant les repères historiques, on induit un état de confusion, une incapacité à hiérarchiser les événements. Privé de la profondeur du temps, chacun vit dans un monde aplati où tout est au même niveau, où tout se vaut. Et ce n'est pas l'école qui va administrer l'antidote, puisque l'on y a progressivement troqué l'enseignement chronologique de l'Histoire contre une présentation thématique. Non seulement l'Histoire ne compte plus, mais c'est l'idée même du récit qui se disloque. Les big data ont aussi tué Homère. Avec l'*Iliade* et l'*Odyssée*, le poète grec a forgé le récit fondateur de la civilisation occidentale. Un texte monde qui avait vocation d'apprentissage pour former des citoyens, construire l'individu et la communauté. Une école de vie. Dans l'espace infini et flottant de la Toile, la flèche de Cronos n'a pas de sens. Le récit ne se déroule pas, il se picore avec une frénésie impatiente.

L'homme est déboussolé, dans le temps mais aussi dans l'espace. Lorsque l'on envoie un mail, on ne se soucie pas de savoir où est l'autre, ce qui compte, c'est qu'il soit joignable. Désormais, c'est le GPS de notre téléphone ou de notre voiture qui nous dit où on est, où on va et comment nous y rendre. Chaque mois, 1 milliard d'humains se fient à Google Maps pour s'orienter. Qui n'a pas fait l'expérience au moins une fois de se laisser machinalement guider par son GPS et, arrivé à destination, d'être incapable de situer précisément l'endroit sur une carte ? Nous avons délégué aux big data le soin de nous guider, de nous diriger. À force de sous-traiter certaines tâches, notre cerveau désapprend. C'est aussi vrai pour notre mémoire, de plus en plus externalisée, que pour le sens de l'orientation. Le cerveau des chauffeurs de taxi londoniens, qui ont l'obligation de connaître par cœur le plan de la ville avec le nom de toutes les rues, affiche à l'IRM, comme l'a montré une étude célèbre, une hypertrophie de l'hippocampe, la zone où se forment les souvenirs et qui pilote aussi le sens de l'orientation. Notre usage immodéré des aides à la navigation va donc modifier physiquement nos circuits cérébraux. Avec l'obsolescence programmée des cartes, c'est l'héritage des premiers géographes, Ératosthène et Ptolémée, qui disparaît. Pendant des millénaires, la cartographie et la chronologie nous ont aidés à structurer notre pensée. Privés de cette lampe torche, nous aurons de plus en plus de mal à saisir le monde qui nous entoure.

Si nous ne savons plus où nous sommes, nous ne pouvons plus savoir où nous allons. Peu importe, les big data la savent à notre place. Notre système nerveux est 4 millions de fois moins rapide que les réseaux numériques. Comme le dit Larry Page, cofondateur de Google : « Le cerveau humain est un ordinateur obsolète qui a besoin d'un processeur plus rapide et d'une mémoire plus étendue. »

La conjuration des 0 et des 1

« Après tout, nos gènes sont déjà un programme informatique. »

Steve Jobs, fondateur d'Apple.

Dans *Casino Royale*, James Bond affronte l'un de ses pires ennemis, Le Chiffre. Ce mathématicien devenu le banquier du crime est un génie du mal qui explique croire « plus au taux de rentabilité qu'en Dieu ». Pour dématérialiser le monde qui nous entoure, les big data l'ont mis en chiffres, ils l'ont encodé avec des séquences de 0 et de 1. Grâce à ce langage binaire, tout ou presque peut être digéré par les ordinateurs. La mémoire du monde repose désormais sur du silicium dans lequel sont stockés, sous forme de 0 et de 1, images, textes, photos, sons ou vidéos. En un demi-siècle, la capacité de stockage a été multipliée par 50 millions, tandis que son coût diminue de moitié tous les deux ans. Pour Gérard Berry, titulaire de la chaire d'informatique au Collège de France, la révolution numérique a réussi l'impensable, « représenter et manipuler de manière homogène toute information quelle que soit sa nature, rompant l'identification ancestrale entre type d'information et support physique ». Pour avaler le monde puis le digérer, l'ogre Gafa a utilisé comme enzymes les 0 et les 1. Autrefois, la musique s'écoutait sur des vinyles gravés de microsillons ou se copiait sur bandes en mesurant la polarisation des particules magnétiques, la presse se lisait sur du papier encré, la peinture se regardait sur une toile enduite, les films ou les photos étaient conservés sur des rubans de cellulose imprégnés d'une émulsion réagissant aux grains de lumière. Désormais, tout repose sur un même support chiffré, transportable instantanément, duplicable et stockable à l'infini.

Une révolution rendue possible par la construction de machines de plus en plus puissantes et de moins en moins chères, connectées à l'échelle planétaire. Aujourd'hui, 10 milliards d'ordinateurs, de smartphones, de tablettes tactiles et autres objets communicants échangent en permanence du flux numérique. Une tuyauterie géante conçue par les big data pour y faire circuler ce nouvel or noir constitué de 0 et de 1. Pour les géants du numérique, la puissance du chiffre est illimitée. Comme un pied de nez, Google, afin d'échapper aux sanctions antitrust dont le menaçait Bruxelles, a choisi de se rebaptiser « Alphabet ». Les 26 lettres de l'alphabet pour nommer la holding qui chapeaute désormais toutes les activités du groupe !

Le nombre est paré de toutes les vertus. Il serait capable de rendre intelligible le chaos du monde. En 2010, Google a ainsi créé une nouvelle discipline scientifique, la « culturomique », contraction de « culture » et de « génomique ». Son objectif ? Remplacer les historiens par des algorithmes qui vont analyser l'évolution de la culture humaine. Un outil informatique a été spécialement conçu par une équipe intégrant des linguistes et des mathématiciens, afin de passer au tamis la gigantesque bibliothèque numérique de Google. Les ordinateurs, qui traitent ainsi 4 % de tous les livres jamais imprimés dans le monde, soit 500 milliards de mots, détectent l'évolution du vocabulaire et des modes de pensée au fil des siècles, puis les traduisent en courbes. Google a, entre autres, analysé l'usage du mot « Dieu » de 1800 à 2000. Il en résulte que l'utilisation du terme s'effondre à partir des années 1860 jusqu'à 1900, pour rester relativement stable sans jamais redécoller. Dans la logique du big data, c'est la quantité qui fait sens. Plus il y a de données à mouliner, plus le résultat touche à la perfection. La vérité est considérée *de facto* comme objective car elle est issue du traitement de masses gigantesques d'informations. À cette obsession du grand nombre se greffe en prime le fantasme de la neutralité de la technique. Une illusion, puisque les algorithmes sont conçus par des hommes et donc susceptibles de biais culturels, politiques, commerciaux. Mais cette attente répond au rêve d'un monde désincarné, sans parti pris, sans convictions, donc sans débats d'idées, où l'on se contente de réagir par spasmes émotionnels.

Les forgerons du monde numérique en sont convaincus : les machines sont meilleures que les hommes. Le cerveau humain avec ses 100 milliards de neurones serait dépassé face à des ordinateurs déjà capables de réaliser 1 million de milliards d'opérations par seconde. D'autant que, dans cette course folle à la puissance, on nous annonce pour 2018 un nouveau super-calculateur, baptisé « l'Exascale », un million de fois plus performant. Les informaticiens au service des big data en déduisent donc que le monde doit être gouverné par les machines. Une idée inspirée de la théorie de la cybernétique née dans les années 1950 selon laquelle les machines seraient plus à même que l'homme de construire une société juste et harmonieuse. Pour la sociologue Céline Lafontaine, il ne s'agit pas seulement d'accentuer le contrôle techno-scientifique de l'homme sur la nature, « c'est l'être humain lui-même qui se voit remettre en question en tant qu'ordonnateur rationnel du monde[1] ». Dès lors, la cybernétique, l'« art de gouverner » en grec, conduit à déléguer un plus grand nombre de tâches complexes aux ordinateurs. Les machines décident de plus en plus souvent à notre place. La finance « haute fréquence » illustre cet abandon de nos prérogatives, l'effacement de l'homme dans le processus de décision. Les ordinateurs ont pris petit à petit le contrôle des salles de marché. Aujourd'hui, deux tiers des ordres de vente ou d'achat sur certaines séances à Wall Street sont automatiquement déclenchés par des algorithmes. Ces décisions prises à la milliseconde provoquent parfois des catastrophes. Des *flash crashes*, ou krachs éclairs, comme on les appelle. En mai 2010, 800 milliards d'euros sont partis en fumée à la Bourse de Londres, parce qu'un programme informatique de trading avait donné un ordre de vente erroné. Nous perdons même le contrôle sur les machines qui nous surveillent. Que dire de ces algorithmes dont la toute dernière loi sur le renseignement votée en France a autorisé la mise en

1. *L'Empire cybernétique. Des machines à penser à la pensée machine*, Seuil, 2004.

place chez les opérateurs Internet afin de déceler une menace terroriste ? Par souci d'efficacité, ils ont été rendus totalement autonomes. Il ne s'agit plus de programmes informatiques supervisés mais autoapprenants, qui génèrent d'eux-mêmes leurs règles de recherche et de classification. Impossible donc de connaître quels seront les critères choisis pour étiqueter un comportement « suspect », puisque la machine les fera émerger en cours de route. Un système espion problématique pour le Conseil d'État qui s'inquiétait, dans son rapport sur le numérique et les droits fondamentaux, de « la confiance abusive dans les résultats d'algorithmes perçus comme objectifs et infaillibles », et en appelait, en vain, à la création d'un « droit des algorithmes ».

Nous sommes devenus esclaves d'outils tellement perfectionnés que nous n'en saisissons plus le mode de fonctionnement. Ce sont bien des « boîtes noires ». Le principe de justification de telles pratiques est toujours le même : « Tant que vous ne faites rien de mal, vous n'avez pas à craindre que l'on sache tout de vous et tout sur vous. » La question étant de définir ce qu'est le mal, définition laissée à la totale discrétion de ceux qui ordonnent, classent, traitent les informations selon des critères que rien ne les oblige à révéler. En tout état de cause, le classement de chacun se fait en fonction d'une logique propre à la machine. Comme le souligne le philosophe Éric Sadin, spécialiste des nouvelles technologies, c'est la question de l'autonomie de la décision humaine qui s'effrite alors qu'elle est au cœur de l'humanisme moderne avec son éthique de la responsabilité. « Plus largement, c'est l'écart qui jusque-là séparait les êtres entre eux et les êtres et les choses qui peu à peu se réduit[1]. »

Dans cette compression qui fait du monde une métadonnée unique et universelle, il n'y a plus de place pour l'imperfection. Donc pour l'humain. Ce sont pourtant bel et bien les faiblesses, les défauts constitutifs de notre espèce qui fondent sa force. Contrairement à l'ordinateur, notre cerveau est incapable d'imaginer des combinaisons à l'infini, sa force de calcul est limitée et aléatoire. Et pour s'en sortir, l'humain a inventé un chemin de traverse : l'intuition. Un mode de décision guidé par l'émotion qui lui confère à la fois son génie et son imprévisibilité. Il en va de même pour sa mémoire, si imparfaite. N'en déplaise aux nouveaux forgerons du monde, oublier est une nécessité vitale qui nourrit l'intelligence humaine. « Notre cerveau n'est pas fait pour la rétention. Sa véritable force est sa flexibilité, sa capacité à oublier pour ne garder que ce dont il a besoin, et à contredire l'expérience passée[2] », rappelle Idriss Aberkane, chercheur en neurotechnologies à l'École centrale de Paris. « Quand les Google, Apple, Facebook, Amazon, Baidu, Alibaba, Samsung et Microsoft brassent plus de données en une journée que le monde académique en dix ans, ce n'est pas de données que nous manquons, mais bien de ces choses que les ordinateurs ne savent pas produire : des idées, des concepts, des imaginations. » Toujours dans ce souci d'optimisation, l'utopie numérique nous promet, elle, la mémoire totale, autrement dit la possibilité de conserver, dans la Matrice, trace

---

1. *La Vie algorithmique*, *op. cit.*
2. « La grande misère des doctorants », Lepoint.fr, 30 août 2015.

de tous nos faits et gestes. Un service qui sera évidemment monétisable en échange d'un gain d'efficacité. La machine se souviendra à notre place pour que notre cerveau ainsi déchargé puisse se consacrer à d'autres tâches. Mais, en externalisant notre mémoire, nous risquons d'altérer une qualité purement humaine, l'imagination, puisque cette dernière se nourrit du vécu émotionnel gravé dans notre cerveau. Les données et les automatismes n'ont jamais fait un être humain. Ce qui constitue notre humanité, c'est indubitablement la conscience, les idées, la créativité, les rêves. L'information certes, mais en extraire la connaissance et, mieux, la sagesse, ce qu'aucun algorithme ne peut extraire. Le super-calculateur Exascale qui consommera en électricité l'équivalent d'une ville de 30000 habitants, quand notre cerveau se contente de 1 million de fois moins d'énergie, ne sera jamais capable d'inventer la théorie de la relativité, d'écrire *Guerre et Paix* ou de composer *La Flûte enchantée.*

La botte secrète du cerveau humain face à l'ordinateur, c'est aussi le goût du risque. Ce risque que les big data veulent à tout prix quantifier, enfermer dans des statistiques censées faire disparaître l'imprévisible et l'aléatoire. L'imprévisible, voilà le mal absolu. Dans *Le Prince* de Percy Kemp, Machiavel met ainsi en garde son souverain : « Aussi heureux qu'il puisse paraître au départ, tout événement qui n'aurait pas été anticipé, auquel on n'aurait pas fait une place dans le présent en s'y préparant, en le devançant pour ainsi dire et le vivant avant l'heure, restera source de danger[1]. » Grâce aux métadonnées, les entreprises du digital

1. Seuil, 2013.

détiennent la boule de cristal dont rêvent les politiques. Le risque doit être aussi quantifié parce qu'il est monétisable auprès des banques, des assureurs et des marchés financiers. Une demande qui ne cesse de croître avec la judiciarisation de la société.

Quantifier, mesurer, étalonner, pour mieux standardiser le monde, telle est la logique des big data. C'est ainsi que plus de 90 % des smartphones sont équipés du même système d'exploitation, Android, mis au point par Google, qu'Apple a pu vendre 500 millions d'iPhone sur la planète, ou qu'en une seule journée 1 milliard de Terriens auront utilisé Facebook. Les services ou les produits n'ont plus à être adaptés, ou si peu, parce qu'ils sont destinés à un consommateur universel. Les big data constituent le stade ultime de la mondialisation. Elles l'ont accélérée avec d'autant plus d'enthousiasme que le phénomène, comme on l'a montré, est né sur le sol américain, où la plupart des géants du numérique ont leur siège. La mondialisation est « une idéologie conçue à l'image des États-Unis. Une théorie faite pour une société marchande, transparente, mobile, sans racines, sans frontières, où l'argent est roi et l'État lointain », analyse l'historien Jean Sévillia[1]. C'est au nom de ce profit mondialisé que Google, après avoir battu du tambour sur son refus du diktat des autorités chinoises, a fini par accepter leurs conditions, y compris le fait que les données des utilisateurs de sa boutique soient hébergées sur des serveurs locaux. La possibilité de faire fructifier son système d'exploitation Android sur le premier marché mondial des smartphones était sans doute trop tentante...

1. *Le Terrorisme intellectuel*, Perrin, 2000.

Comme tout ce qui l'entoure, l'homme peut être mis en données, réduit en quantités mesurables, métabolisables par les entités informatiques. À partir des informations collectées sur chaque individu, les big data ont carrément créé des êtres numériques. Des doubles dotés de leur propre identité. « Ce qui frappe avec le déploiement irréversible des réseaux sociaux, c'est à coup sûr l'apparition d'une forme d'identité nouvelle. Comme si, pour chacun de nous, l'identité civile, officielle, se doublait d'une identité numérique, paradoxalement déclinable au pluriel, qui permet de démultiplier sa présence, ses possibilités d'intervention, de contacts, dans un rêve de partage sans limites et sans entraves. Plus rien à voir avec l'identité fixée que l'on présente sur ses papiers officiels », écrit le philosophe Roger-Pol Droit[1]. Tendues vers cet objectif de connaître toujours plus les attentes du consommateur, de cerner son comportement, les big data ont entrepris de capturer dans les avatars notre personnalité. L'humain se réduit à une ligne de code. Son classement en profil se fait selon des critères propres au système lui-même. Il peut s'agir de la religion, de ses convictions politiques, de l'environnement affectif, de ses habitudes sexuelles, ou encore de ses opinions, du moins telles qu'il les exprime sur les différents réseaux. Des données qui conduisent à une image figée, forcément réductrice.

Si nous avons concédé aux 0 et aux 1 le pouvoir exorbitant d'encoder le monde, c'est notamment contre la promesse qu'ils le rendraient plus lisible, plus limpide. Or c'est une réduction numérique qui s'est opérée.

1. Monique Atlan, Roger-Pol Droit, *Humain*, *op. cit.*

En convertissant le réel en 0 et en 1, on nous a fabriqué un monde binaire amputé d'une dimension fondamentale, le sensible. Une simplification qui nous prive d'un élément essentiel à la compréhension des choses. En prétendant rendre le monde intelligible grâce aux seules corrélations calculées par les algorithmes, on ne répond plus à la question du « pourquoi », seul compte le « comment ». On ignore les causes pour ne s'intéresser qu'aux conséquences. On est dans le « solutionnisme » que dénonce le chercheur américain Evgeny Morozov, une réponse purement technologique qui ne s'attaque pas à la racine du problème, mais qui rapporte de l'argent, et sur laquelle on peut facilement communiquer. Le « pourquoi » est éludé parce qu'il risque de déboucher sur une réalité complexe avec des causes coûteuses à traiter. Au final, peu importe le résultat craché par la machine, le chiffre élude le débat. Il écarte la question du sens. Il fait loi. Il nous impose sa norme.

L'avenir est une équation

> « La plupart des gens ne souhaitent pas que Google réponde à leurs questions. Ils veulent que Google leur dise quelle est la prochaine action qu'ils devraient faire. »
>
> Eric Schmidt, P-DG de Google, mai 2007.

« Avant je courais après les délinquants, aujourd'hui je les arrête avant qu'ils ne passent à l'acte », se réjouit un policier en voix *off*. Memphis, l'une des villes les plus criminogènes des États-Unis. IBM fait sa pub à la télévision pour vanter l'efficacité de son logiciel d'analyse criminelle baptisé Blue Crush. En 2010, lorsque la municipalité a décidé de réduire de 25 % les effectifs de la police, elle a compensé en faisant appel à IBM. Désormais, les policiers, avant de prendre leur service, reçoivent sur leur téléphone portable et sur l'ordinateur de bord de leur voiture des cartes sur lesquelles sont indiqués les points chauds où peut se produire un délit dans les douze prochaines heures. Avec ordre de se concentrer sur les *hot spots* qui s'allument en rouge. Développé par des mathématiciens, des informaticiens spécialistes des big data et des anthropologues, Blue Crush a d'abord aspiré toutes les archives informatisées de la police : comptes rendus d'interventions, procès-verbaux, rapports et autres retranscriptions d'appels téléphoniques ; puis ses algorithmes ont classé les délits par dates, lieux et catégories. Connecté vingt-quatre heures sur vingt-quatre au réseau informatique de la police, Blue Crush actualise en permanence sa base de données, au fur et à mesure que les policiers entrent de nouveaux éléments et que les caméras embarquées dans les voitures de patrouille ainsi que les 500 autres disséminées dans la ville lui envoient leurs images. Blue Crush calcule les probabilités des délits selon une logique de répétition. Devant le succès de son logiciel qui promet une baisse de la criminalité à moindre coût, IBM a mis au point une version encore plus pointue, PredPol, déjà utilisée par les polices de Los Angeles, Atlanta et New York. Les algorithmes prennent désormais en compte les changements de comportements induits par la météo, mais aussi des profils de population catalogués plus ou moins criminogènes au prétexte de corrélations statistiques. Un risque de stigmatisation que balaie d'un argument imparable l'ex-directeur de la section Sciences et technologies du département de la Justice américaine : « Ces données numériques peuvent bien évidemment contenir des préjugés, mais ces préjugés peuvent aussi désormais être détectés de manière mathématique. »

Les programmes de « sécurisation prédictive » capables de traiter les informations sur des crimes passés, pour établir où et quand les prochains pourraient se produire, font des émules en Europe. PredPol a été acheté par la police du Kent, et, en Allemagne, les chercheurs de l'Institut de technique de prévision par modélisation ont conçu leur propre logiciel prédictif, Precobs, testé depuis 2015 à Munich, Nuremberg, Cologne, mais aussi dans les villes suisses de Zurich et Bâle. En France, l'Observatoire national de la délinquance a prévu de tester un système de prédiction des crimes dans une ville du Grand Paris en 2016.

2054, dans *Minority Report*, le film de Steven Spielberg, inspiré d'une nouvelle de Philip K. Dick, Washington a éradiqué la criminalité grâce à des précogs. Ces humains mutants doués de précognition, c'est-à-dire capables de connaître à l'avance des événements futurs, permettent d'arrêter les criminels juste avant qu'ils n'aient commis leurs méfaits. *Minority Report*, c'est le rêve des big data. Dans leurs labos de recherche, on perfectionne les PredPol et autres Precobs, pour qu'un jour ils ne se contentent plus seulement de dire où et quand va se commettre le crime, mais qui va en être l'auteur.

« L'avenir est une équation », s'enthousiasme Nate Silver, le petit génie américain de l'analyse prédictive qui a notamment officié pour Barack Obama lors de la course à la Maison Blanche. Pour l'industrie de la Tech, les comportements humains sont en grande partie prédéterminés donc prévisibles. Et pour les prédire, les devins numériques d'aujourd'hui ne lisent plus dans le marc de café, mais dans les logiciels de traitement des données massives. En 2007, le département de la Sécurité intérieure américain – sorte de ministère de l'Antiterrorisme créé par George W. Bush – a lancé un projet de recherche destiné à identifier les « terroristes potentiels », innocents aujourd'hui mais à coup sûr coupables demain. Baptisé Future Attribute Screening Technology ou FAST – « technologie de dépistage des attributs futurs » (*sic*) –, le programme consiste à passer au crible tous les éléments relatifs au comportement d'un individu, mais aussi à son langage corporel et ses particularités physiologiques. Aussitôt un suspect détecté, il est pisté par l'ordinateur grâce à la reconnaissance faciale. Petit à petit, les caméras de surveillance « intelligentes » se mettent à l'analyse comportementale. Elles détectent les mouvements suspects, jusqu'aux signes de stress comme la sudation. À Luton, dans la grande banlieue de Londres, les bobbies testent 8 caméras de rue qui sonnent d'elles-mêmes l'alerte dès qu'elles détectent l'un des cinquante comportements jugés louches répertoriés dans une base de données. À Nice, 915 caméras intelligentes épient déjà les piétons, pour repérer automatiquement une personne agitée ou bien trop immobile dans une foule. Indect, c'est le nom du projet de la Commission européenne lancé en 2011, afin de « développer des solutions et outils de détection des menaces ». Pas moins de 17 équipes de recherche ont été sélectionnées pour plancher sur des algorithmes capables de détecter en milieu urbain des « comportements anormaux ». Courir, marcher à contresens d'une foule ou avancer plus vite, rester debout quand tout le monde est assis, nouer ses lacets dans un magasin, prendre des photos dans un hall d'aéroport ou porter une capuche sera dorénavant considéré par l'ordinateur comme suspect. Mais Dariu Gavrila, le coordinateur scientifique, rassure avec l'argument habituel : « Un système intelligent automatisé demeurera bien plus objectif et moins discriminant qu'un opérateur humain. » Il n'empêche, grâce aux caméras d'analyse comportementale, les algorithmes sont en train sournoisement de nous imposer un nouveau code de conduite dans l'espace public. Ne pas s'y conformer, c'est prendre le risque d'être étiqueté comme « suspect » dans la mémoire de l'ordinateur.

La masse de renseignements collectés va bien au-delà de la connaissance en temps réel des désirs intimes des individus. Elle constitue un terreau pour les analyses prédictives. Grâce à cette nouvelle méthode, les big data ambitionnent de pouvoir un jour prévoir *a priori* les déviances, les intentions suicidaires ou criminelles, selon l'idée que rares sont les passages à l'acte qui n'ont pas été précédés de signes annonciateurs, générateurs d'informations plus ou moins récurrentes.

À la façon du monde décrit dans le film *Minority Report*, nous glissons vers la criminalisation des intentions, une tendance favorisée par la lutte contre le terrorisme. La riposte américaine après le 11 Septembre mise en œuvre par la NSA a levé un tabou. Au nom de la lutte contre le terrorisme, on est passé de la notion de « culpabilité » à celle nettement plus subjective de « dangerosité ». Un concept qui a fait tache d'huile. En France, la dernière loi antiterroriste a par exemple introduit un « délit d'intention criminelle ». Il est maintenant possible de traîner devant les tribunaux un individu dès que l'on a décelé chez lui la simple intention de commettre un attentat. La justice glisse dans le prédictif parce que l'on pense que l'outil big data le permet. On ne punit plus le délit, mais son intention. Dès lors, la tentation est forte de mobiliser toutes les informations numériques disponibles pour trouver un coupable. Pour défendre la loi sur le renseignement, le ministre de l'Intérieur Bernard Cazeneuve n'a-t-il pas mis en avant l'existence de signatures de comportement terroriste automatiquement décelables par les machines ? Le fondement du droit pénal qui repose sur la culpabilité établie à partir d'éléments de preuves vole en éclats. « Au lieu de partir de la cible pour trouver les données, on part des données pour trouver la cible. La dangerosité relève d'un pronostic sur l'avenir », s'inquiète Mireille Delmas-Marty, agrégée de droit privé et de sciences criminelles[1].

L'ère du soupçon dans laquelle nous font entrer les big data est censée guérir l'instabilité du monde. Or, c'est l'inverse qui se produit. Les États-Unis, dont elles ont fait leur laboratoire sécuritaire, sont l'un des pays les plus violents de la planète. Ainsi, pour la seule Nouvelle-Orléans et ses 400 000 habitants, ont été enregistrés 92 meurtres au premier trimestre 2015, autant que l'ensemble des meurtres commis en région parisienne avec ses 2 millions d'habitants, sur une année entière, en 2013. Le taux d'homicide qui ne cesse de grimper en flèche est 40 fois plus élevé qu'à Paris. Pour nous tranquilliser, les multinationales du numérique proposent d'éponger le risque né de cette instabilité, grâce à leurs algorithmes sur lesquels elles touchent des royalties... Avec un écueil que pointe Mireille Delmas-Marty : « Prétendre prédire le passage à l'acte, détecter l'intention, c'est déjà une forme de déshumanisation parce que le propre de l'homme

1. « La démocratie dans les bras de Big Brother », *Le Monde*, 6 juin 2015.

est l'indétermination : sans indétermination, on n'est plus responsable de rien. »

Vendre de l'anticipation, tel est le nouveau marché des big data. Google également utilise son moteur de recherche pour détecter le plus tôt possible les foyers de grippe. Après avoir effectué 500 millions d'opérations de calcul permettant d'identifier 45 mots-clefs les plus fréquemment tapés par les internautes dans les zones où se déclenche une épidémie, les analystes de la firme de Mountain View ont conçu un algorithme capable de déceler dans une ville ou un quartier un foyer épidémique avant tout le monde. De précieuses informations pour les firmes du médicament qui peuvent approvisionner les bonnes pharmacies au bon moment. Et Google étend ses prédictions sur le marché de l'immobilier. En moulinant les comportements de recherche des internautes, le moteur est capable de modéliser sur le mois à venir les fluctuations des prix, plus vite et plus sûrement que l'association nationale des agents immobiliers des États-Unis. Un art divinatoire qu'il fait pour le moment fructifier sur la plate-forme d'annonces immobilières Auction.com, acquise pour 50 millions de dollars. De même, des chercheurs en informatique de l'Université de Birmingham en Grande-Bretagne se vantent de pouvoir prédire, à partir des données de tracking de nos smartphones, où chacun de nous sera dans les vingt-quatre prochaines heures, avec une marge d'erreur de 20 mètres. De quoi vendre à tel magasin la prédiction du passage d'un client intéressant devant sa devanture, tel jour à telle heure. « Pour gagner, il faut avoir six mois d'avance », assure Kira Radinsky. Cette mathématicienne israélienne, que l'on appelle « la pythie du Web », prétend, avec les algorithmes qu'elle a conçus, prédire avec plus de 90 % de précision l'effondrement d'un marché financier ou encore la survenue d'émeutes. Au quotidien, sa start-up SalesPredict fournit de l'anticipation marketing aux grandes entreprises dans tous les domaines.

Pour éclaircir leur boule de cristal, les big data doivent expurger l'incertitude de notre quotidien. « L'objectif est désormais d'éliminer le hasard pour construire enfin un monde supposé intégralement et définitivement heureux. L'horizon rêvé est celui où le hasard sera maîtrisé, contrôlé, donc purement et simplement anéanti », annonce le philosophe Roger-Pol Droit[1]. Or, à vouloir bannir à tout prix le hasard, on prend encore une fois le risque d'effacer la part de flou essentielle à l'homme. L'esprit humain s'enrichit de l'imprévu, il n'est jamais aussi créatif que face à l'inattendu. Dans l'Histoire, la plupart des grandes découvertes n'auraient pas eu lieu sans cette pincée de hasard. À commencer par celle de l'Amérique, due, comme on le sait, à une erreur de calcul de Christophe Colomb. C'est aussi Alexander Fleming qui s'aperçoit qu'une moisissure, qu'il appellera la pénicilline, a tué les staphylocoques qu'il cultivait. C'est encore le physicien Henri Becquerel qui, saupoudrant des sels d'uranium sur une plaque photographique et constatant qu'elle est impressionnée comme elle l'aurait été par la lumière du soleil, découvre la radioactivité naturelle ! L'évolution de l'espèce humaine elle-même est un enchaînement hasardeux et non maîtrisé. Lorsque

1. *La philosophie ne fait pas le bonheur... et c'est tant mieux*, Flammarion, 2015.

se combinent les codes génétiques des deux parents, le résultat est impossible à prévoir. L'exact inverse du déterminisme numérique gouverné par les 0 et les 1. Ces derniers ne s'acharnent-ils pas à mettre en équation la plus fantastique source de hasard qui soit, la rencontre entre deux êtres humains ? « Parce que l'amour n'est pas dû au hasard », clame dans sa promo Parship, qui nous propose de trouver des personnes vraiment faites pour nous. Utiliser Parship, eDarling ou toute autre application de rencontre par affinités pourrait donner ceci : au sortir de votre réunion de direction, votre téléphone portable bipe pour vous indiquer qu'une fille ou un garçon « disponible » qui correspond exactement à vos attentes prend un café en terrasse à quelques rues de là. Vous annulez illico votre déjeuner du jour pour un tête-à-tête.

Désormais les algorithmes décident même de nos contacts. C'est l'idéologie des réseaux « sociaux » tels que Facebook, dont l'algorithme Edge Rank a été mis au point pour calculer les affinités entre les membres. Récemment, son patron en France, Laurent Solly, expliquait que l'intérêt de Facebook était de permettre d'« échanger uniquement avec des gens ou des entreprises dont vous vous sentez proches ». Avec un bémol : à force de ne discuter qu'avec des personnes qui nous ressemblent, le brassage d'idées tourne à vide, les esprits se ferment, les opinions se figent, Internet comme lieu de débats devient une illusion. On nous vend un minimum de temps pour un maximum d'efficacité. C'est l'assurance d'être performant. « Depuis longtemps j'avais envie de construire un enfer », expliquait Ismaïl Kadaré à propos de son livre *Le Palais des rêves*. Dans un pays imaginaire, une administration omnisciente collecte nuit après nuit les rêves des habitants, les trie, les classe et les interprète, pour y déchiffrer l'avenir du royaume. Nous sommes en train de concéder aux big data le pouvoir exorbitant de lire nos songes et de voir l'avenir...

Les maîtres du temps

« La science est sur le point d'engendrer
une catastrophe, la création de deux humanités
évoluant différemment pour la première fois
dans l'histoire de l'espèce. »

Israël Nisand, professeur de médecine, obstétricien,
initiateur du Forum européen de bioéthique,
décembre 2013.

Il a une tête rayée noir et blanc avec une tache jaune au-dessus des yeux et il intéresse bigrement le département de la Défense américain. Il est vrai que le bruant à gorge blanche, un poids plume de 30 grammes qui niche dans les forêts d'Amérique du Nord, peut rester éveillé jusqu'à sept jours d'affilée lorsqu'il accomplit sa migration. Les militaires veulent percer le secret de cette endurance dans l'idée d'avoir des soldats qui ne ferment pas l'œil et restent opérationnels au-delà de quarante heures.

Vaincre le sommeil, c'est aussi la préoccupation des big data qui collaborent avec le Pentagone dans tout un tas de domaines de recherche. Pour les multinationales du numérique, notre sommeil est un temps mort, hors connexion, qui ne génère aucun profit. Dormir nuit à la rentabilité, à la performance, à l'enrichissement, car même quand il n'achète rien, l'individu charge dans le système des données personnelles monétisables. Les maîtres du big data ont donc provoqué un état d'insomnie mondialisé. Grâce à eux, nous pouvons échanger, nous amuser, discuter, nous informer, consommer, à n'importe quelle heure du jour et de la nuit. Chaque année, nos heures de sommeil fondent comme neige au soleil, en vingt-cinq ans les Français ont ainsi perdu en moyenne dix-huit minutes de repos réparateur quotidien. Cette réduction des heures de sommeil est directement liée au développement conjoint du capitalisme et des nouvelles technologies. Dans *24/7. Le capitalisme à l'assaut du sommeil*, l'essayiste américain Jonathan Crary s'élève contre l'ère du « Open 24/7 », qui a fait de nous des travailleurs et des consommateurs actifs à toute heure : « Dégager du temps de repos et de régénération humaine coûte à présent tout simplement trop cher pour être encore structurellement possible au sein du capitalisme contemporain. » Et d'enfoncer le clou : « Passer ainsi une immense partie de notre vie endormis, dégagés du bourbier des besoins factices, demeure l'un des plus grands affronts que les êtres humains puissent faire à la voracité du capitalisme contemporain[1]. » Dormir devient presque une anomalie. L'hyperactivité permanente étant la nouvelle norme sociale, il faut vivre sa vie en flux continu, optimiser tous les instants. Chaque moment creux, dans une file d'attente, sur un quai de métro ou

1. La Découverte, 2014.

entre deux rendez-vous, doit être rempli. Les objets connectés et les applications de toutes sortes inventés par l'industrie du numérique sont là pour ça. Pour nous maintenir dans le marché. Des outils qui visent aussi à augmenter la productivité au travail. C'est au nom de cette obsession à rentabiliser le temps dévolu à l'entreprise qu'Apple et Facebook ont imaginé un service de congélation d'ovocytes pour leurs employées. Il s'agit de donner la possibilité aux femmes de repousser après quarante ans la maternité afin d'optimiser leur carrière. Une assurance de 15 500 euros leur étant offerte pour couvrir les frais d'une procréation médicalement assistée imposée par une grossesse tardive. Une initiative applaudie par les féministes. L'objectif étant surtout d'aspirer l'énergie et la créativité d'employées dans la pleine force de l'âge, et donc censées être au faîte de leurs capacités intellectuelles.

Transpire aussi l'idée que l'on peut perfectionner l'être humain, que la solution à tout problème est dans la technologie. La maladie, la vieillesse et même la mort ne soulèvent plus de questions métaphysiques, ce sont de simples problèmes techniques qui peuvent être vaincus grâce à la fusion de la biologie et de l'informatique. La première fois que Google a poussé la porte du monde de la biotech, c'était pour améliorer la puissance de son moteur de recherche. La firme cherchait alors à répliquer dans un ordinateur le fonctionnement des réseaux neuronaux, pour créer un programme qui apprenne tout seul. L'un des pionniers français du séquençage du génome, Laurent Alexandre, résume la vision des big data : « L'homme du futur serait ainsi comme un site Web, à tout jamais une version bêta, c'est-à-dire un organisme prototype voué à se perfectionner en continu[1]. » Les big data, maîtres du temps, se voient déjà capables d'allonger la vie. « Google veut euthanasier la mort », a ainsi proclamé, en juillet 2014, Larry Page, le cofondateur du moteur de recherche. La firme a créé la California Life Company, dont la feuille de route est de prolonger de vingt ans l'espérance de vie d'ici 2035, en s'attaquant à la maladie bien avant qu'apparaisse le moindre symptôme. La California Life Company planche sur la mise au point de comprimés contenant des nanoparticules conçues pour repérer dans le sang les signes biochimiques annonciateurs d'un accident cardiovasculaire ou d'un cancer. Lorsqu'un problème est détecté, l'utilisateur du système est prévenu par un signal fluorescent qui apparaît sur un bracelet. Afin d'étendre ce diagnostic ultra-précoce à toutes les maladies et à la dégénérescence des cellules, Google a équipé de capteurs 10 000 volontaires dont elle avait préalablement séquencé le génome. Avec les données médicales ainsi recueillies, la firme espère, comme elle le dit, « repérer le signal magique qui nous révélera ce que nous avons besoin de savoir pour prévenir et guérir une maladie[2] ». La multinationale qui a récemment signé des accords avec Biogen, le géant américain de la biotechnologie, a bien l'intention de capter le futur marché de la prédiction génétique. Son fonds d'investissement, qui gère 2 milliards de dollars d'actifs dont un tiers dans le domaine de la santé, a notamment mis de l'argent dans une start-up d'analyse

1. « Google et les transhumanistes », *Le Monde*, 18 avril 2013.
2. « La médecine du futur, c'est le suivi continu des données du patient », *Le Monde*, 25 avril 2015.

génétique lancée par l'épouse de l'un de ses deux patrons. À partir d'un échantillon de salive, le client qui a recours à 23andMe achète la probabilité, estimée en fonction de son profil génomique, de développer ou non la maladie d'Alzheimer ou de Parkinson. Des données génomiques individuelles fournies gratuitement et que 23andMe a commencé, en 2015, à revendre aux firmes pharmaceutiques, et rien ne pourra l'empêcher demain de les céder à des compagnies d'assurances qui adapteront leurs primes de risque au profil génétique de leurs clients...

Google X Lab est le laboratoire secret de la firme situé près de son siège social, à Mountain View, au sud de San Francisco, une enclave de la NASA que la multinationale a louée pour soixante ans. Cent cinquante ingénieurs biologistes, médecins, généticiens triés sur le volet y travaillent loin des regards, car nul étranger n'est autorisé à y pénétrer, surtout pas les journalistes. C'est ici, dans la division Science de la vie, que Google dessine l'humain de demain, celui dont on aura ralenti l'horloge biologique. En attendant de percer les mécanismes du vieillissement, la firme espère faire main basse sur le futur marché de l'e-santé, un Eldorado estimé à 10 000 milliards de dollars, que lorgnent déjà Apple, Microsoft, Facebook et autres Amazon. Une médecine du futur où ce seront des algorithmes qui poseront le diagnostic et prescriront le traitement. Aujourd'hui, des logiciels comme Watson, dont IBM facture les prestations aux professionnels de santé, parviennent à diagnostiquer certains cancers avec plus d'efficacité que les cancérologues. Demain, Dr Watson pourrait prendre la place des médecins.

Mais l'ambition semi-avouée des big data est de pouvoir un jour vendre des points de vie supplémentaires à ceux qui en ont les moyens. Un graal qui sera monnayé au prix fort à la nouvelle oligarchie mondiale. Le point de vie sera le luxe suprême. Bien mieux que de s'offrir une montre à 1 million de dollars, d'acheter un yacht de 170 mètres, de convertir un 747 en jet privé, ou de s'amuser en faisant un tour dans l'espace à 200 000 dollars. Pour leurs recherches sur la médecine régénérative, les big data ont déjà réussi à collecter plus de 1 milliard de dollars de fonds privés. Forte de sa montagne de cash, Google a commencé son marché pour recruter les meilleurs spécialistes mondiaux du vieillissement. Voilà l'ultime étape du processus d'accaparement. Après avoir vu se concentrer une grande partie des richesses de l'humanité entre les mains d'une poignée d'individus, on assistera à l'effondrement de la dernière égalité qui reste, celle des humains face à la mort. Et ce sera alors l'inégalité totale. « Jusqu'à présent, les avancées de la connaissance ont fait progresser l'humanité entière. Ainsi nous avons gagné collectivement trois mois par an d'espérance de vie sur les trente dernières années. Aujourd'hui certains milliardaires plus riches que des États poursuivent un rêve prométhéen. Si demain la science n'est plus au service de l'espèce mais de certains individus, nous divisons l'humanité en deux espèces, qui n'évolueront pas de la même manière. Nous changeons le destin de l'humanité », prévient le grand professeur de médecine Israël Nisand, gynécologue obstétricien et fondateur du Forum européen de bioéthique[1].

---

1. « La science est sur le point d'engendrer une catastrophe », *Le Point*, 19 décembre 2013.

Grisées par leur toute-puissance, les big data ont sombré dans l'hybris. Un orgueil démesuré nourri par la fameuse loi de Moore. Selon Gordon Moore, le cofondateur d'Intel, qui l'a édictée dans les années 1960 au tout début de l'ère informatique, les capacités de calcul des ordinateurs et celles des processeurs devraient continuer à doubler tous les dix-huit mois. Un peu comme si l'on avait créé une sorte de trou noir numérique qui avalerait la matière qui l'entoure pour la convertir en 0 et en 1, et désintégrerait la complexité du monde. Jusqu'au cycle même de la mort et de la vie. Lors d'une conférence donnée en octobre 2012, Eric Schmidt, alors président exécutif de Google, n'a-t-il pas déclaré : « Si nous nous y prenons bien, je pense que nous pouvons réparer tous les problèmes de la planète » ? L'hybris, le crime suprême chez les Grecs anciens. Exiger plus que la juste mesure du destin. Bousculer le sort. S'approprier les meilleures parts : le bonheur, la fortune et la vie. Le « toujours plus » d'Agamemnon, le commandant en chef de l'armée grecque, dont l'avidité va déclencher tous les malheurs des siens lors de la guerre de Troie racontée dans l'*Iliade*. Le « toujours plus » des big data lancées dans une course folle, cette hybris technologique pour repousser les limites du possible, y compris la frontière de la mort. « La fixation de limites est toujours constitutive de la société comme de la culture, rappelait Jacques Ellul, le sociologue le plus affûté sur la tyrannie de la technologie. C'est quand l'homme a appris à être libre qu'il est capable de se limiter[1]. »

---

1. Jean-Luc Porquet, *Jacques Ellul, l'homme qui avait (presque) tout prévu*, Cherche-Midi, 2012.

Ce n'est certainement pas un hasard si l'*Iliade* et l'*Odyssée* sont le récit fondateur de la civilisation occidentale, celui qui a ensemencé des valeurs universelles. Le héros refuse l'immortalité pour conserver son humanité. La nymphe Calypso, qui veut garder Ulysse auprès d'elle, lui offre « ce qu'aucun mortel n'a jamais eu », la jeunesse éternelle. Mais le héros des Grecs refuse d'être embastillé dans un présent éternel, un temps figé hors du récit où les choix n'ont plus d'importance et le courage n'a plus de sens, où la seule finalité est celle de la longévité. En choisissant la finitude, en refusant l'hybris de l'immortalité, Ulysse sauve son identité. Celle d'un être humain lucide sur ce qu'il est, avec ses faiblesses qui font aussi sa force.

Perdre le sens de la mesure en prétendant à l'immortalité, voilà le risque mortel pour l'humanité que pointe Israël Nisand. « Une minorité d'hommes va être en mesure de s'arroger ce privilège exorbitant, et cela va changer l'humanité tout entière puisqu'elle risque de perdre le sentiment de sa finitude qui a été le principal moteur du progrès. Pour survivre à sa faiblesse, l'homme anticipe, il est le seul à pouvoir le faire, cette capacité d'anticipation a fait de lui le seul être sur Terre à être conscient qu'il va mourir[1]. »

Les big data ne prétendent pas seulement en finir avec la mort, elles veulent fabriquer un homme nouveau en l'hybridant avec la machine. L'objectif est de donner naissance à un être augmenté, aux capacités

1. « La science est sur le point d'engendrer une catastrophe », *op. cit.*

physiques et intellectuelles « surhumaines ». Les premiers pas vers « l'homme augmenté » ont été faits par les militaires. Le Pentagone est en train de plancher sur des exosquelettes pour créer de super-soldats. Ainsi, les fantassins américains testent une combinaison hi-Tech, une sorte de seconde peau faite de tissus intelligents qui imite le fonctionnement des muscles et des tendons des jambes afin de porter aisément plus de 50 kilos de matériel sur de très longues distances. La Darpa, l'agence chargée de développer les nouvelles technologies à usage militaire, celle-là même qui est à l'origine d'Internet, a lancé la fabrication d'une armure de combat tactique bardée de nanotechnologies pour doter les commandos d'une « force surhumaine ». « Nous sommes en train de construire un Iron Man », s'enthousiasmait, le 25 février 2014, Barack Obama, lors d'une présentation publique du projet à la Maison Blanche. Baptisée « Talos » en référence aux automates de bronze que Zeus déployait pour protéger sa maîtresse Europa, cette armure coiffée d'un casque de réalité augmentée permettra aux Navy Seal de transporter plus de 100 kilos de charge. C'est aussi la Darpa qui a créé, avec une boîte privée de biotech, le premier bras artificiel contrôlé par des impulsions nerveuses. Pour soulager les vétérans mutilés lors des guerres du Golfe, d'Irak et d'Afghanistan, le Pentagone a massivement investi dans les prothèses intelligentes. Directement piloté par le cerveau, le bras en question, un bijou technologique, est capable de saisir un œuf sans le briser. Les prothèses bioniques, bras ou jambes, préfigurent cette fusion homme-machine appelée de leurs vœux par les transhumanistes, ce courant de pensée né dans la Silicon Valley. Un futur inéluctable selon les tenants de cette théorie rendue possible par la convergence de la robotique, de la biogénétique, des nanotechnologies, des neurosciences et de l'informatique. Avec comme point de basculement ce qu'ils nomment la « singularité technologique », ce moment hypothétique, annoncé vers 2040, où l'intelligence artificielle dépassera celle des humains. L'apôtre de cette théorie est l'actuel directeur de la recherche et développement de Google. En 2012, Ray Kurzweil, considéré comme l'un des plus brillants chercheurs en intelligence artificielle, a rejoint le fameux Google X Lab afin d'y coordonner notamment les recherches sur les réseaux de neurones artificiels qui imitent le fonctionnement du cerveau humain. Sous sa houlette, Google a dépensé, en six mois, 2 milliards de dollars pour acheter 8 sociétés en pointe sur l'intelligence artificielle.

De son côté, Apple aurait quadruplé en quatre ans ses effectifs sur le secteur, embauchant, rien qu'en 2015, 86 chercheurs spécialistes des ordinateurs qui évoluent par « autoapprentissage ». Déjà, certains imaginent l'ordinateur « biologique » fonctionnant avec le code génétique du vivant. Une quinzaine de labos de par le monde testent actuellement des microprocesseurs où le silicium s'hybride à des milliards de brins d'ADN. Cette combinaison cerveau-machine devrait permettre à l'ordinateur de se reprogrammer sans cesse de lui-même, augmentant ainsi à l'infini ses capacités jusqu'à dépasser celles du cerveau de l'homme plafonné par ses 100 milliards de neurones. « Il est certain que si vous aviez toute l'information du monde directement connectée à votre cerveau, ou un cerveau artificiel plus intelligent sur votre propre cerveau, vous vous en porteriez d'autant mieux », assure Larry Page[1]. À l'aube des ordinateurs biologiques, notre matière grise serait donc devenue obsolète. Compte tenu de notre faible durée de vie rapportée au temps d'apprentissage très lent du cerveau, qui dépense à lui seul 30 % de notre énergie, ce dernier ne serait plus assez compétitif. Aux yeux des transhumanistes, notre organisme serait une sorte d'ordinateur obsolète. À peine le disque dur chargé, l'unité centrale commence déjà à vieillir...

Le vrai moyen de rentabiliser nos neurones serait donc de les imbriquer au silicium. Pourquoi ne pas démultiplier ainsi notre capacité mémoire ? Le projet s'appelle RAM, pour Restoring Active Memory (« restaurer la mémoire active »), un clin d'œil à l'acronyme qui désigne la mémoire vive de l'ordinateur. Il a été initié par la Darpa, officiellement il s'agit de restaurer la mémoire des militaires victimes d'un traumatisme crânien, à l'aide d'implants cérébraux qui aideraient le cerveau à encoder de nouveaux souvenirs. Dans un document daté de novembre 2013, l'Agence de recherche explique en substance qu'en stimulant certaines régions du cerveau ces mêmes implants pourraient être aussi utilisés pour améliorer les capacités d'apprentissage, augmenter la vitesse de réaction et même gérer les émotions.

Emportés par leur hybris, les transhumanistes caressent carrément l'idée d'implémenter le cerveau

1. Ariel Kyrou, *Google God : Big Brother n'existe pas, il est partout*, Inculte, 2010.

dans l'ordinateur. « Notre raisonnement sera un hybride de pensées biologiques et non biologiques. Nous allons graduellement fusionner et nous améliorer », annonçait récemment Ray Kurzweil qui, pour propager ses idées, a créé la Singularity University. Parmi les sponsors de cette très singulière université, on retrouve les maîtres des big data, Larry Page et Sergueï Brin de Google, bien sûr, mais aussi Peter Thiel, le cofondateur de PayPal, leader mondial du paiement en ligne. Le campus, implanté au siège de Google, a vu passer 2 500 élèves depuis sa création en 2008, des banquiers, des architectes, des patrons d'entreprise ou des cadres dirigeants de multinationales. Autant d'« étudiants » qui, après une semaine d'endoctrinement, repartent tels des ambassadeurs essaimer dans le monde entier le discours de l'Université de la Singularité : le solutionnisme va résoudre tous nos problèmes, à condition de ne pas lui imposer de contrainte. « Les pouvoirs publics ne sont pas armés pour comprendre les technologies exponentielles. Ils ont donc tendance à vouloir entraver leur progression, ce qui ne sert à rien », clame Salim Ismail, ancien vice-président de Yahoo !, aujourd'hui chargé du développement mondial de la Singularity University.

L'idéologie libertarienne des big data est fondée sur un individualisme total. Le progrès technologique à tout prix avec pour seule règle de conduite le chacun pour soi. « D'ici les deux prochaines générations, la biotechnologie nous donnera les outils qui nous permettront d'accomplir ce que les spécialistes d'ingénierie sociale n'ont pas réussi à faire, s'inquiète le philosophe et économiste américain, Francis Fukuyama[1]. À ce stade, nous en aurons définitivement terminé avec l'histoire humaine parce que nous aurons aboli les êtres humains en tant que tels. Alors commencera une nouvelle histoire, au-delà de l'humain. »

1. *La Fin de l'homme. Les conséquences de la révolution biotechnique*, La Table Ronde, 2002.

Le chômage total

« Le but du futur est le chômage total.
Ainsi nous pourrons jouer. »
Arthur Clarke, écrivain de science-fiction
et futurologue, mort en 2008.

« Donne-moi la balle violette. » Printemps 2008, Laboratoire d'analyse et d'architecture des systèmes du CNRS à Toulouse. Du haut de son mètre cinquante-sept, le robot humanoïde HRP-2 regarde la table sur laquelle sont disposées deux balles rouge et verte et répond : « Je ne la vois pas. » L'expérimentateur insiste : « Continue à chercher. » HRP-2 tourne la tête à droite et à gauche, scrute la pièce et repère enfin, posée sur une armoire, la fameuse balle violette. Le robot se dirige lentement vers le meuble, lève un bras, mais la balle est trop haute pour qu'il puisse la saisir. Alors, HRP-2 se met sur la pointe des pieds. Les chercheurs s'enthousiasment. L'humanoïde vient de réussir l'épreuve. Pour se sortir de cette mauvaise passe, il a de lui-même utilisé l'algorithme qui lui avait été implanté. Mais voilà que, déséquilibré, HRP-2 menace soudain de tomber. Aussitôt, il balance son bras gauche en arrière et lance en avant la jambe opposée. Le robot a compris que, pour se rétablir, il lui fallait compenser, il a résolu tout seul l'équation de l'équilibre. « Personne ne lui avait appris ce réflexe. Ce n'était pas programmé », s'extasie encore aujourd'hui Jean-Paul Laumond, le chef du projet. Ce jour-là, la recherche en intelligence artificielle a fait un bond de géant. HRP-2 a révélé l'existence d'une intelligence corporelle. C'est elle qui permet aux humains de piloter les mouvements de leur corps en mode automatique, afin de ne pas saturer le cerveau en informations pour laisser celui-ci se concentrer sur des tâches plus complexes, comme le langage ou le raisonnement.

Il aura fallu soixante-neuf ans, depuis l'invention du premier ordinateur à lampe, pour que la révolution informatique donne naissance à des robots humanoïdes « intelligents » tels que la science-fiction les imaginait. Ils sont la forme la plus spectaculaire d'une intelligence artificielle qui est en train de prendre corps dans les ordinateurs et va bouleverser nos vies, plus encore que ne l'a fait Internet. Cette intelligence *in silico* est ensemencée par les « algorithmes évolutifs ». Ainsi nommés parce qu'ils s'inspirent des mécanismes de l'évolution biologique. Ils sont implantés dans HRP-2, dans les logiciels d'analyse financière, juridique ou de diagnostics médicaux. « L'homme sait aujourd'hui créer un logiciel qui produit une solution sans lui expliquer comment il l'a trouvée, raconte le neuroscientifique Idriss Aberkane, chercheur à l'École centrale de Paris. Ces algorithmes sont capables d'originalité absolue : ils arrivent à résoudre des problèmes et à découvrir de nouveaux procédés. Si la loi leur en donnait le droit, ils pourraient déposer des brevets. [...] Théoriquement, ils peuvent échapper à notre contrôle, puisqu'un programme évolutif peut évoluer plus vite que la compréhension humaine de son évolution[1]. »

On sait déjà que la robotisation entre en concurrence avec l'homme pour des tâches répétitives : « À l'avenir, la compétitivité d'un territoire dépendra de son degré de robotisation. Les pays qui attireront les investissements manufacturiers seront ceux qui auront davantage de programmeurs et une meilleure infrastructure robotique », annonce Boston Consulting Group. Le géant taiwanais Foxconn, qui œuvre pour les firmes de la hi-Tech, a commencé à installer dans ses usines des bras articulés dotés de mains à doigts multiples, aptes à manipuler de minuscules composants de trois fois l'épaisseur d'un cheveu. Son objectif affiché est de remplacer le million d'ouvriers chinois qu'il emploie pour fabriquer notamment l'iPhone 6. Les big data investissent massivement sur le marché de la robotique, un véritable Eldorado puisque la Commission européenne estime que la robotique de service pèsera, à elle seule, 100 milliards d'euros à l'horizon 2020. Amazon a acheté pour 800 millions de dollars le spécialiste de la robotique logistique, l'américain Kiva Systems, afin de multiplier par dix les chariots « intelligents » dans ses centres d'expédition. Histoire de rendre encore plus performants ses automates, Jeff Bezos, le P-DG de la firme, a lancé en 2015 un concours pour créer une machine capable de

1. « Faut-il avoir peur de l'intelligence artificielle », *Le Point*, tribune, 19 décembre 2014.

reconnaître et de saisir délicatement sur une étagère un paquet de biscuits ou un jouet puis de l'empaqueter dans le bon colis. Jeff Bezos rêve également d'une livraison par drone, qu'il a commencé à tester aux États-Unis. Google lui aussi multiplie les emplettes. Il a acquis l'américain Meka Robotics, spécialisé dans les robots destinés à vivre et travailler aux côtés des humains, et le japonais Schaft inc., celui-là même qui a mis au point un bipède pour aider aux opérations de déblaiement de la centrale de Fukushima ; mais aussi des start-ups en pointe sur les bras articulés ou les systèmes de vision 3D. Plus surprenant, en 2013, la firme de Mountain View a également avalé un fabricant de robots militaires, Boston Dynamics, qui travaille main dans la main avec le Pentagone. Est ainsi tombé dans l'escarcelle de Google un véritable bestiaire miliaire : Big Dog, un robot mule pour soulager le fantassin, Cheetah, le robot à quatre pattes le plus rapide au monde qui court à 50 kilomètres par heure, ou encore Wild Cat, un robot de reconnaissance, qui peut, avec l'agilité d'un chat, bondir, faire volte-face ou prendre un virage à angle droit...

Mais désormais, avec l'intelligence artificielle, l'ordinateur entre en concurrence frontale avec l'homme sur le marché du travail qu'il s'agit de remplacer dans des fonctions complexes où le cerveau humain était jusqu'alors considéré comme indispensable. D'ici vingt ans, 47 % des emplois aux États-Unis pourraient être confiés à des machines intelligentes. C'est du moins ce que laisse entrevoir une étude menée en septembre 2013 par deux chercheurs de l'Université d'Oxford sur 702 métiers. Au fur et à mesure des progrès de l'intelligence artificielle, les robots vont accaparer des emplois qualifiés. Il existe déjà des robots journalistes, en fait des programmes informatiques dont les algorithmes aspirent en temps réel des informations sur le Net, les mettent en corrélation, et tricotent avec des papiers sur l'actualité financière ou sportive. Les machines ne se contentent plus de seconder l'homme, elles le remplacent. Petit à petit, les cols blancs subissent le même sort que les cols bleus avant eux. En dotant leurs cadres d'un ordinateur portable qui leur permet de travailler partout et tout le temps, les entreprises ont optimisé la formule : toujours plus de tâches avec toujours moins de personnes. Le bureau nomade, stade ultime de l'*open space* où aucun employé n'a d'emplacement attribué, s'inscrit dans cette logique, en rendant presque invisible aux autres le départ d'un salarié.

Pour de nombreux économistes, la fameuse « destruction créatrice » schumpétérienne, selon laquelle le progrès technique détruit les emplois obsolètes pour en recréer d'autres plus innovants et plus valorisants, ne fonctionne plus. Une autre logique s'est mise en place, celle de la « disruption créatrice » qu'illustrent bien les devenirs de Kodak et d'Instagram. En 2012, le roi de la photo instantanée qui, seize ans plus tôt, faisait travailler 140000 personnes et pesait en Bourse 28 milliards de dollars, a déposé le bilan après avoir raté le virage du numérique. Cette même année, Instagram, une start-up de 13 salariés, qui commercialisait une application pour mobile de partage de photos, était rachetée 715 millions de dollars par Facebook... Et quand, en 2014, est apparu un concurrent, le service de messagerie instantané WhatsApp, Zuckerberg a mis sur la table 19 milliards de dollars pour l'avaler. Les firmes du numérique créent une nouvelle forme de monopole radical. Certains secteurs d'activité tels que l'industrie musicale, la vidéo et bientôt peut-être l'édition sont carrément désintégrés par l'arrivée du numérique. En dix ans, l'industrie de la musique, par exemple, a vu ses effectifs divisés par deux. Et voilà qu'une excroissance des Gafa, les « Natu » comme on les appelle pour Netflix, Airbnb, Tesla et Uber, non seulement participent à la destruction d'emplois mais aussi précarisent encore un peu plus le travail. Ces plates-formes de mise en relation qui suppriment les intermédiaires entre acheteurs et vendeurs transforment leurs salariés en « collaborateurs » ultra-flexibles. *Exit* les syndicats, ce sont elles qui fixent les règles du jeu. Ainsi, Uber, le cauchemar des taxis, n'emploie qu'un millier de personnes, qui génère un chiffre d'affaires d'environ 10 milliards de dollars. Quant à Airbnb, concurrent direct des groupes hôteliers, il n'aligne en France, l'un de ses principaux marchés, que 25 salariés, avec un chiffre d'affaires annuel de 800 millions de dollars. En octobre dernier, c'est Amazon qui annonçait vouloir embaucher des livreurs intermittents activables par un simple appel sur leur smartphone et payés à l'heure une vingtaine de dollars. Depuis quelque temps, des starts-ups de livraison de repas à domicile se sont multipliées dans les principales villes françaises, avec quelques salariés au bureau pilotant à coups d'algorithme les déplacements d'une flopée d'« autoentrepreneurs » sans couverture sociale ni fiche de paie. Cette « uberisation » qui permet de casser les prix donne l'illusion au consommateur de récupérer un peu de pouvoir d'achat tout en accélérant la précarisation de la société.

Là où Internet et les ordinateurs intelligents nous promettaient une économie de partage, de solidarité, l'utopie numérique a été balayée par une vision purement marchande au profit de super-multinationales toujours plus riches, toujours plus puissantes. D'ici 2025, selon le cabinet Boston Consulting Group, le coût total de la main-d'œuvre aura diminué de 16 % grâce à l'automatisation de la société. Comme le dit l'économiste Daniel Cohen, le numérique est « une révolution industrielle sans croissance[1] ». D'après lui, la moitié des emplois sont menacés à terme par la numérisation, en particulier ceux de la classe moyenne. Voitures autonomes, imprimantes 3D, traducteurs intelligents, drones livreurs, facteurs, convoyeurs, robots juristes ou algorithmes de diagnostic médical vont vaporiser les emplois, sans certitude aucune, loin de là, que l'innovation compensera les pertes comme elle l'a fait jusqu'à présent. Les nouveaux métiers engendrés par les technologies du numérique n'ont, pour le moment, pas rempli les espoirs que l'on mettait en eux.

Pire encore, après avoir appris aux machines à comprendre le langage humain et à détecter les émotions sur des images, Google veut maintenant implémenter ses trouvailles sur des prototypes de robots militaires afin de créer des robots « sociaux ». C'est dans cette perspective qu'en août 2015 la firme a présenté, lors d'un show public, la version améliorée et « civilisée » d'un humanoïde guerrier conçu par Boston Dynamics. Deux ans plus tôt, Eric Schmidt écrivait : « Les travaux réellement intéressants portent aujourd'hui sur la conception de robots sociaux capables de reconnaître

1. *Le monde est clos et le désir infini*, Albin Michel, 2015.

les mouvements de l'homme et d'y répondre[1]. » Dans notre société vieillissante, un fantastique marché s'ouvre aux « cobots » ou « robots collaboratifs », comme on les appelle, celui des nounous médicales pour personnes âgées. Outre les maisons de retraite et les établissements de santé, les big data espèrent aussi faire un tabac avec leurs humanoïdes sociaux auprès des hyper-connectés en manque affectif. Le slogan est tout trouvé : « 150 amis sur Facebook et un robot »... Lequel sera bien sûr chargé d'une personnalité conciliante, taillée sur mesure en fonction des multiples données recueillies en flux continu sur le caractère, les habitudes, les goûts, les attentes de son propriétaire. En offrant un ersatz de relation humaine, nettoyée de toute complexité et dépourvue de confrontation intellectuelle, le cobot bientôt indispensable aggravera encore un peu plus la solitude de l'*Homo numericus*. Au fur et à mesure que leur prix baissera, les robots de compagnie, actuellement vendus 30 000 euros, vont envahir notre quotidien. Ironie du sort, la décision de licencier un employé tout comme son entretien d'embauche pourront être confiés à un robot, puisqu'une récente étude réalisée par les Universités du Minnesota et de Toronto a conclu que l'algorithme était plus fiable que l'instinct du recruteur. « Au final les humains feraient mieux de laisser les machines décider », expliquent les chercheurs... Parions que, dans ce monde peuplé de machines humanoïdes, le vrai luxe sera d'avoir à son service, non pas un robot domestique, mais un humain.

Dans un univers digitalisé et automatisé où le travail se raréfie, l'arrivée des robots humanoïdes va précipiter

1. *À nous d'écrire l'avenir*, *op. cit.*

le « chômage technologique » jusqu'à l'étape ultime du chômage total ! Ne subsisteront alors que les tâches à haute valeur ajoutée requérant de la créativité ou du contact humain. Ces 20 % de main-d'œuvre qui travailleront 120 heures par semaine, comme le prédit l'économiste Nouriel Roubini. Suffisant pour maintenir l'activité économique mondiale. Une mutation que les big data ont déjà anticipée en imaginant un « revenu universel » pour les 80 % restants, les sans-emploi. L'idée, en apparence généreuse et humaniste, est ardemment défendue par les libertariens, ce courant ultra-libéral largement sponsorisé par les big data. En versant une rente à vie aux inactifs devenus majoritaires, on étouffe le sentiment d'injustice, ferment de révolte, et on tourne la page du salariat, avec ses contraintes réglementaires.

Toujours moins de règles, toujours moins d'État pour augmenter la captation des richesses par une poignée, tel est l'objectif des géants du numérique relayés par l'idéologie libertarienne. Au passage, elles rendent donc obsolète l'État providence, cette chose honnie, qui malgré une intense optimisation fiscale leur coûte encore trop cher en impôts. Les algorithmes et les machines intelligentes auront permis de fantastiques gains de productivité. Et pour cause, le robot, une fois qu'il a produit en valeur l'équivalent de son prix d'achat et d'entretien, c'est-à-dire qu'il a restitué la force de travail ayant permis de le fabriquer, dégage du profit, de façon d'autant plus conséquente qu'il n'a besoin ni de sommeil ni de vacances. En Chine, où les salaires ouvriers ont bien fini par augmenter, un robot est rentabilisé en à peine un peu plus d'un an. Afin de conserver le maximum de la fantastique richesse dégagée par les gains de productivité, les maîtres du big data ont donc imaginé cette astuce d'un « revenu de liberté », tel qu'ils l'ont baptisé. Pour garantir ce « salaire », l'idée est de payer aux 2,5 milliards d'internautes une partie des traces numériques dont ces derniers se délestent aujourd'hui gratuitement. Les esprits sont mûrs. Selon un sondage Havas Media du 30 septembre 2014, 30 % des Français sont prêts à vendre leurs données personnelles. Chez les plus jeunes, ils sont 42 % à accepter de révéler davantage d'informations sur leur vie en échange de contreparties financières. En octobre 2014, à Brooklyn, une artiste a monté une expérience édifiante pour sensibiliser à la protection des données privées : 380 New-Yorkais ont accepté de lui livrer nom, adresse, empreintes digitales et numéro de sécurité sociale contre... un cookie à la cannelle. Une portion des gains de productivité réalisée par l'automatisation sera réinjectée sous forme d'une baisse des prix, histoire de muscler un peu le pouvoir d'achat des bénéficiaires du revenu universel. Avec, pour boucler la boucle, l'imprimante 3D qui permettra de fabriquer chez soi les produits, après avoir acheté la matière première et le fichier informatique de paramétrage. Le consommateur devient un *prosumer*, la contraction en anglais de « producteur » et « consommateur ». La valeur des choses ne sera plus dans le salaire, ni dans l'objet, mais dans l'information. Celle stockée dans les immenses coffres-forts numériques des big data.

Une petite élite mondiale va décider à terme de ce qui doit être payant ou gratuit, la gratuité étant évidemment le corollaire du « chômage tolérable », ce qui pourrait dessiner une nouvelle organisation sociale constituée d'une armée de chômeurs assouvissant gratuitement leurs besoins essentiels et disposant également de loisirs gratuits essentiellement fournis par les big data. La contrepartie étant l'acceptation tacite de poches de concentration de richesses dans des zones protégées. Ce vaste chômage acceptable est inéluctable, l'intelligence humaine étant remplacée par de l'intelligence artificielle partout où c'est possible. Le monde selon les big data se charge de nous occuper l'esprit, de nous sécuriser et de nous préparer à une civilisation où la production et le travail vont progressivement céder à la robotisation.

« Les élites sociales contrôlant ces ordinateurs super-intelligents pourraient se retrouver investies d'un pouvoir absolu sur le reste de l'humanité[1] », prévient Anthony Aguirre, professeur de physique et de cosmologie à l'Université de Californie. Et d'alerter sur un autre danger : « À plus long terme, les machines pourraient ravir le pouvoir aux humains, les diriger, les asservir, et pourquoi pas les exterminer. Il y a une pression sur les chercheurs pour les faire aller toujours plus vite, sans se poser trop de questions. » Avec les cyborgs militaires, on a déjà transgressé l'article premier de la charte d'Asimov : « Un robot ne peut porter atteinte à un être humain. » Une table de la loi pourtant édictée il y a soixante-treize ans pour empêcher qu'un jour la robotique ne débouche sur une catastrophe. La solution proposée par Anthony Aguirre, qui a créé début 2014 le Future of Life Institute, afin de réfléchir à l'impact de l'intelligence artificielle pour nos vies, est de brider la puissance des cerveaux numériques. L'une

1. « Quelle intelligence pour l'humanité ? », *Le Monde*, 13 avril 2015.

des stars de la Silicon Valley, Elon Musk, a pris lui aussi conscience de la menace. Le patron entre autres de SpaceX, l'un des leaders mondiaux de lanceurs spatiaux, soutient à hauteur de 10 millions de dollars le Future of Life Institute. Pour être informé en permanence des dernières recherches dans le secteur, il a également investi dans des start-ups spécialisées en intelligence artificielle. Ce qui l'a conduit à déclarer publiquement : « J'espère que les humains n'auront pas servi de programme biologique de démarrage de la super-intelligence numérique. Malheureusement, c'est de plus en plus probable[1]. » Un pessimisme partagé par le célèbre astrophysicien Stephen Hawking, pour qui l'obsession des big data à vouloir créer une « machine pensante » « pourrait sonner le glas de l'humanité ». D'après lui, cette entité serait en effet capable de s'émanciper et de s'améliorer. Dès lors, prévient-il, « les humains limités par leur évolution biologique lente ne pourraient pas rivaliser et seraient détrônés ».

En ouvrant la boîte de Pandore de l'IA, les big data ont mis en concurrence, pour le meilleur ou pour le pire, les hommes et les robots. « Tout allait bien sur la planète Soror. Nous avions des machines pour faire les tâches les plus simples et, pour les autres, nous avions dressé des grands singes, fait dire Pierre Boulle à l'un des personnages de son roman *La Planète des singes*. Pendant ce temps, nous avons cessé d'être actifs physiquement et intellectuellement, même les livres enfantins ne nous intéressaient plus. Et, pendant ce temps, ils nous observaient. »

1. Twitter, 3 août 2014.

Je consomme, je mate, je joue

> « La technologie du ciblage individuel sera si performante qu'il sera vraiment dur pour les gens de regarder ou de consommer quelque chose qui n'a pas été d'une manière ou d'une autre taillé pour eux. »
>
> Eric Schmidt, président de Google, *The Financial Times*, mai 2007.

Ce n'est que deux ans plus tard, lors de la publication d'un article scientifique, que 700 000 internautes ont découvert qu'ils avaient été utilisés, à leur insu, comme cobayes par Facebook. Durant une semaine, en janvier 2012, le réseau social s'est livré dans le plus grand secret à une petite expérience intitulée : « Preuve expérimentale d'une contagion émotionnelle à travers les réseaux sociaux ». Pour ce faire, Facebook a carrément trafiqué son fil d'actualité. Trois groupes d'un peu plus de 200 000 utilisateurs ont été exposés, chacun, à des informations majoritairement neutres, positives ou négatives. En analysant les messages postés par ces internautes enrôlés malgré eux dans l'expérience, les algorithmes ont révélé que la tonalité des informations modifie l'état émotionnel et même influence les comportements. Ceux qui avaient été matraqués d'informations positives réagissaient en produisant plus de messages contenant des mots positifs. La preuve est donc faite que les big data, *via* les réseaux sociaux, peuvent induire des états émotionnels durables dans une population. Le test pratiqué grandeur nature étant on ne peut plus légal, puisque, comme on le sait, en adhérant à Facebook, l'utilisateur accepte contractuellement de céder à la firme ses données personnelles pour, *dixit* le contrat, « analyse de data, des tests, de la recherche et l'amélioration du service ».

Chercher à comprendre nos émotions, pour toujours mieux nous contrôler et réveiller le consommateur qui dort en nous, c'est l'objectif des big data. Facebook a été l'une des premières à investir dans ce que l'on appelle les algorithmes d'« apprentissage profond », des programmes capables de détecter les sentiments dans un texte, en fonction de l'ordre des mots, de leur rôle sémantique, du contexte dans lequel ils apparaissent. Ces algorithmes nouvelle génération arrivent à extraire d'une masse de données numériques aussi bien des mails que des photos, des vidéos ou la personnalité d'un internaute. L'objectif ultime étant de déceler les attentes, voire les précéder. Pour apprendre à l'ordinateur à saisir toutes les nuances de l'émotion humaine, Facebook a débauché l'un des meilleurs spécialistes mondiaux du domaine, le Français Yann LeCun. Avec son équipe d'une quarantaine de chercheurs basée à Paris, ce pionnier de l'apprentissage profond enseigne aux machines, entre autres, comment, à partir de données numériques, cartographier les liens émotionnels entre les individus.

Devancer nos désirs, telle est l'attraction irrésistible exercée sur nous par les big data. Mieux que Big Brother, c'est Big Mother ! Une mère qui ne cherche qu'à nous rendre heureux et enfante une dictature douce où le contrôle total des individus se réalise non pas contre leur volonté, mais avec leur consentement tacite. Comme le souligne le psychiatre Serge Hefez : « Big Mama vous connaît mieux que vous ne vous connaîtrez jamais vous-même. C'est une mère monstrueuse, une Big Mother toute-puissante, celle qui a tout à la fois terrorisé et enchanté notre âme de nourrisson en comblant tous ses besoins, en anticipant tous ses désirs, en devinant ses pensées les plus secrètes, en dirigeant avec douceur et persuasion son existence dans ses moindres aspects, et pour son plus grand bien[1]. » L'impulsion d'achat est enclenchée en attisant un besoin en suspens dans l'inconscient de l'internaute dont on connaît les intentions profondes. Le besoin ne préexiste plus, il est suscité par la technique qui invente un nouvel objet. Qu'il soit utile, futile ou dangereux, de toute façon l'homme n'a plus la main. Chez Amazon, dans la plus grande librairie du monde, l'employé qui vous accueille s'appelle *item to item collaborative filtering*. Un puissant algorithme capable de vous dire à propos d'un livre auquel vous n'avez pas encore pensé : « Vous aimerez aussi. » Pour rentrer dans votre tête, *item to item collaborative filtering* a soigneusement mouliné vos précédentes commandes, votre historique de navigation, le temps passé sur les commentaires de tel livre, votre nationalité, votre pays

---

1. In *Mesure et démesure... Peut-on vivre sans limites ?*, sous la direction de René Frydman et Muriel Flis-Trèves, PUF, janvier 2015.

d'origine et même la météo du lieu d'où vous vous connectez. Le tout comparé avec les habitudes de consommateurs qui vous ressemblent. Ainsi, l'algorithme évalue si le contenu du livre qu'il souhaite vous inciter à acheter est similaire au contenu d'ouvrages que des utilisateurs semblables ont aimés. Autant dire que sur les trois millions de titres disponibles en magasin, on ne vous dirige que sur une infime partie du rayonnage, là où le programme informatique a pioché ce qui est censé correspondre à votre envie du moment.

Des logiciels nous disent ce qu'il faut lire, quelles musiques écouter, quels films regarder, quoi manger et à quel endroit. Avec l'ebook, on entre encore un peu plus dans votre intimité de lecture. Les programmes espions qu'il contient permettent de savoir non seulement les titres que vous avez lus, mais aussi les passages précis qui vous ont déplu parce que vous les avez zappés ou simplement survolés. Une intrusion dans votre tête qui se répète avec tous les films ou les morceaux de musique téléchargés en streaming. Autant dire qu'Apple, premier disquaire des États-Unis avec 11 millions de titres à télécharger, en connaît un rayon sur les goûts musicaux de ses clients, jusqu'à pouvoir déduire leurs humeurs, en fonction des morceaux écoutés. Une sorte de baromètre émotionnel de la population qui rend obsolète la bonne vieille publicité. Quant à Facebook, il peut dire merci à ses membres qui cliquent trois millions de fois par jour sur le « like », le petit pouce levé, signifiant qu'ils aiment le contenu qui leur est proposé. *Exit* le matraquage publicitaire susceptible de provoquer une overdose. Désormais l'hameçon qui permet d'attraper le consommateur est invisible. On gobe l'appât sans même s'en apercevoir. À peine a-t-on émis un désir qu'il est aussitôt satisfait.

Les big data nourrissent ainsi notre état d'impatience. Dans cette folle contraction du temps, toute attente devient insupportable. Nous redevenons des adolescents, incapables de différer nos envies, les big data s'appliquant à toujours les satisfaire pour entretenir l'illusion de notre surpuissance. C'est la fameuse « hallucination du désir » dont parlait Freud. On peut tout obtenir d'un seul clic, cette nouvelle baguette magique qui a fait disparaître la notion même d'effort. Drogués par le « toujours plus vite », nous nous perdons nous-mêmes. « On est très loin de la philosophie de l'Antiquité, celle des stoïciens et des sceptiques, pour qui l'idéal du bonheur était au contraire un perfectionnement de soi-même indéfiniment prolongé. À présent nous préférons les raccourcis qui éliminent les efforts, le travail à long terme et le dur labeur sans garantie de succès[1] », décrypte le sociologue et professeur de droit Zygmunt Bauman.

En faisant des choix à notre place, Big Mother extirpe l'angoisse du doute, ce doute qui pourtant nous construit et nous fait grandir. Moins de liberté pour plus de confort : un despotisme mou. En personnalisant notre univers numérique jusqu'à en faire une lampe d'Aladin, les algorithmes favorisent la paresse intellectuelle, atrophient notre curiosité. Dans cet univers furieusement narcissique où l'ordinateur calcule tout, l'inattendu qui pourrait ébranler nos convictions et nous faire réagir devient hautement improbable. Mark Zuckerberg, le fondateur de Facebook, n'ambi-

1. Cité par Monique Atlan et Roger-Pol Droit, *Humain*, *op. cit.*

tionne-t-il pas de créer le « parfait journal » personnalisé et automatisé, dont le rédacteur en chef sera un algorithme, qui proposera à chaque internaute des informations sans surprise, taillées sur mesure, en fonction de ses centres d'intérêt détectés sur les réseaux ? Une information customisée qui précipitera l'effondrement de l'individu sur lui-même. Sans altérité, sans confrontation à l'autre, impossible de grandir, d'évoluer. Nous restons des adolescents maintenus dans un cocon protecteur. Big Mother répond ainsi à ce besoin de sécurité ancré au plus profond de l'espèce humaine. En naissant, l'homme est un néotène, « un être inachevé qui a besoin d'être protégé pour sa survie, contrairement à d'autres espèces animales, rappelle la philosophe et psychanalyste Anne Dufourmantelle. Si, au départ, il n'est pas entouré de soins et de paroles, il est en danger de mort[1] ». Une fragilité originelle que les big data exploitent avec maestria.

En suroccupant notre esprit connecté, Big Mother nous permet d'oublier la plus angoissante des questions, celle de notre propre mort. Une façon surtout d'empêcher ce questionnement subversif : quel sens donner à sa vie ? Pour mieux exorciser cette mort, physiquement évacuée dans notre quotidien d'Occidental, la Toile nous la donne à visionner comme jamais. La violence s'étale sur tous les écrans en mode virtuel. La même image choc va être dupliquée à l'infini. En fait, notre cerveau raffole des shoots émotionnels. Au départ, c'est pour une question

1. « La sécurité engendre plus la peur que l'inverse », *Libération*, 15 septembre 2015.

de rendement. L'essentiel de notre énergie est consommé par nos neurones. Or prendre une décision de manière purement rationnelle coûte plus cher en calories que de décider instinctivement. Comment s'étonner dès lors du triomphe du porno sur le Net. 25 % des requêtes tapées chaque jour par les internautes sur les moteurs de recherche sont liées à la pornographie. On estime que 12 % du Web, soit 4,2 millions de sites, est classé X. Le numérique a fait de la pornographie un loisir compulsif. Le psychanalyste Jacques-Alain Miller évoque une « furie copulatoire[1] ». Cette consommation effrénée qui fait que 59 % des internautes passent entre quatre et quinze heures par semaine sur des sites porno. Des chercheurs allemands de l'Institut Max-Planck se sont penchés sur les conséquences de cette addiction. Leur étude a montré qu'au-delà de quatre heures hebdomadaires de pornographie apparaissait à l'imagerie médicale une détérioration de l'activité cérébrale dans la zone liée au processus de décision. Ils évoquent un phénomène d'accoutumance comparable aux effets des drogues dures : il faudrait toujours plus d'images crues pour satisfaire le cerveau. Une bonne affaire pour l'industrie du sexe numérique, essentiellement contrôlée par des firmes américaines regroupées sur la côte Ouest. Un paradoxe dans un pays qui revendique son puritanisme. En 2011, Facebook, comme on l'a mentionné, n'a-t-il pas censuré le compte d'un enseignant français pour la publication de *L'Origine du monde*, le tableau de Gustave Courbet, jugé indécent ?

1. « L'inconscient et le corps parlant. Le réel mis à jour au XXIe siècle », conférence à l'Association mondiale de psychanalyse, Paris, 17 avril 2014.

Le numéro un mondial, MindGeek, avec 400 millions de dollars de chiffre d'affaires, est l'exception. Cette discrète holding dont le siège officiel est au Luxembourg appartiendrait aujourd'hui à deux Canadiens. Chaque jour, près de 95 millions d'internautes se connectent à deux de ses plates-formes vedettes, YouPorn ou YouHub. On estime que le marché de la pornographie en ligne pèse déjà 6 milliards de dollars.

Un fantasme prêt-à-porter qui effondre un peu plus l'imaginaire, jusque dans ses recoins les plus intimes. L'homme, le seul animal à avoir érotisé l'acte sexuel, renonce à une invention qui faisait sa spécificité pour un empilement d'images dépourvues de sens. Non seulement ce flux ininterrompu de séquences X remplit les poches de l'industrie numérique du sexe, mais en plus il permet aux big data de classer les individus en fonction de leurs préférences sexuelles. À partir des seules recherches effectuées sur Google, il est déjà possible d'établir le profil sexuel d'une grande partie de la population, collectivement et individuellement, et quand on sait ce que la sexualité représente dans l'arsenal de pression sur les individus, on comprend que la pornographie sur Internet, au-delà des comportements délictuels, offre une mine d'informations sur les pratiques des uns et des autres dont J. Edgar Hoover, le célèbre patron du FBI, n'a sans doute jamais osé rêver. La pornographie permet également de désactiver les velléités de révolte puisque l'on sature l'esprit avec une illusion de transgression, dûment tracée. Dans *1984* de George Orwell, Big Brother a prévu une sous-section du Commissariat aux romans, appelée Pornosec. Sa mission : produire pour le prolétariat des nouvelles porno qui sont ensuite revendues sous le manteau.

Cette occupation permanente du temps et de l'esprit est aussi assurée par l'industrie du jeu vidéo. Un marché estimé à près de 54 milliards d'euros, qui grossit en moyenne de 6,7 % par an. Notre cerveau est un joueur compulsionnel. Les neurologues le savent bien, le jeu est le meilleur capteur d'attention qui soit, d'où l'engouement des big data pour ce secteur lucratif. D'autant plus qu'il est entremêlé à l'industrie américaine de l'armement, avec laquelle les géants du numérique entretiennent, comme on l'a vu, des liens étroits. Le centre de réflexion américain Atlantic Council, spécialisé dans les affaires et conflits internationaux, en lien avec l'US Army, a embauché en octobre 2014 Dave Anthony, le créateur de l'un des jeux vidéo les plus vendus au monde, « Call of Duty ». Pour perfectionner ses simulateurs de combat, le Pentagone mise sur les technologies développées par l'industrie du jeu vidéo. Il en est de même pour le pilotage à distance des drones armés, le fameux Reaper, « la faucheuse » en français, dont les postes de tir, localisés aux États-Unis à des milliers de kilomètres de leurs cibles, sont conçus par des architectes de jeux de simulation. Les données permettant de géolocaliser les objectifs à neutraliser étant, elles, en partie collectées grâce aux big data. Sur la base de ces informations numériques, il est d'ores et déjà possible pour l'armée américaine, sans jugement préalable, de décider de l'exécution d'un individu où qu'il soit sur la planète.

En devançant toujours plus nos attentes de consommateurs, en nous saturant d'images pornographiques, en nous distrayant avec des jeux, les maîtres du big data anesthésient sans coup férir l'esprit critique. Assurément, la devise à inscrire au fronton de ce nouveau monde numérique n'est pas « Liberté, égalité, fraternité », mais « Je joue, je mate, je consomme ». Comme l'écrivait Dostoïevski dans *Les Frères Karamazov* : « Ils déposeront leur liberté à nos pieds et nous diront : faites de nous vos esclaves, mais nourrissez-nous. »

La sagesse 2.0

« Seule la tragédie peut nous sauver du bouddhisme. »

Friedrich Nietzsche.

Tous les deux mois, à Mountain View en Californie, au siège de Google, l'employé numéro 107 organise un *mindful lunch*, un déjeuner méditatif. Ses collègues de travail sont invités à manger en silence au son des cloches de prière. Sur la carte de visite de Chade-Meng Tan, il est mentionné comme fonction « Chic type ». Le quadra d'origine singapourienne est le M. Bonheur de Google, celui qui apprend aux autres employés à gérer la pression et les aide à atteindre un « état d'esprit optimal ». Chade-Meng Tan applique la « règle des 3 B » : Bienveillance, Bien-être, Bonheur. Un ersatz de bouddhisme mâtiné de neurosciences. Les cours que délivre cet ancien programmeur sur le campus de Google s'intitulent « *Search inside yourself* », en substance, « Cherchez la solution en vous-même » – le titre de son livre. C'est grâce à l'employé numéro 107 que les réunions à Mountain View débutent par une minute de silence et de méditation. Dès qu'un visiteur de marque, Barack Obama ou Lady Gaga, se rend au siège de la multinationale, il ne coupe pas au rituel de l'entrevue de quelques minutes suivie d'une séance photo avec le « chic type ». En plus d'être la mascotte zen et friendly de Google, Chade-Meng Tan, qui a même fait partie des nominés au prix Nobel de la paix 2015, a pour mission de réduire la facture annuelle de 60 millions de dollars que coûtent au géant du Net ses salariés sous pression qui implosent psychologiquement. Face à l'épidémie de burn-out qui frappe les hyperconnectés, les big data ont inventé une nouvelle religion : « Wisdom 2.0 ». En septembre 2014, l'inventeur du concept, l'Américain Soren Gordhamer, était invité dans les locaux de Google Europe à Dublin, pour donner une conférence « Wisdom 2.0 » en présence de moines bouddhistes, sur le thème « Comment vivre connectés les uns aux autres grâce à la technologie, d'une manière qui soit bénéfique à notre bien-être ». Une réponse, explique-t-il, au « grand défi de notre époque ».

Partant du principe qu'un individu qui rapporte est un individu connecté, cette sagesse 2.0 vise entre autres à limiter le nombre de ceux qui, victimes d'un bug psychologique, se déconnecteraient de la Matrice. En plus de l'optimisation fiscale, Google et consorts font dans l'optimisation émotionnelle. Les employés stressés par l'hyper-connexion sont incités à télécharger sur leur ordinateur de bureau ou leur smartphone des programmes d'aide à la méditation ou d'apprentissage de la respiration. Comme Spire commercialisé par une start-up de la Silicon Valley. Grâce à un boîtier que l'on clipe à la ceinture, le salarié est prévenu lorsqu'il atteint un trop haut niveau de stress. Une alerte indique sur son portable : « Attention vous êtes stressé depuis 45 minutes » et l'invite à contrôler sa respiration. Quand les capteurs jugent que les battements du cœur et les mouvements du diaphragme sont revenus à la normale, un deuxième message s'affiche : « Vous êtes de nouveau calme. » « Une invention majeure des dernières décennies fait de la vie dans l'entreprise une chose tellement importante que ce serait là – et même là seulement ! – que l'on pourrait véritablement devenir heureux, épanoui, créatif, zen, cool, efficace, etc., regrette Roger-Pol Droit. Il y a bien là un totalitarisme : plus aucun dehors, plus d'espace libre, nulle extériorité. Partout, à chaque instant, chacun se trouve pris en charge, incité au bonheur, c'est-à-dire à la santé, à la "forme", au bien-être[1]. »

Sans cesse connecté et surchargé par un flux de stimuli, notre cerveau n'arrive plus à absorber. Dans cet univers numérique qui est celui de la simultanéité, de la superposition et de la fragmentation des tâches, les synapses demandent grâce. Avec Internet, nous sommes entrés dans l'ère du multitâche, une démultiplication de l'attention à laquelle nous ne sommes plus, aujourd'hui, physiologiquement adaptés et qui provoque chez nous une fragmentation de la pensée. Les neurologues en sont désormais certains, au-delà de trois actions simultanées, le cerveau patine, additionne les erreurs. Des chercheurs britanniques ont même découvert une modification de la structure cérébrale chez les personnes qui utilisent massivement et simultanément plusieurs terminaux électroniques.

1. *La philosophie ne fait pas le bonheur*, *op. cit.*

En l'occurrence, un important déficit de matière grise dans la zone qui traite les émotions. Une altération qui, d'après les scientifiques, serait corrélée avec des dysfonctionnements émotionnels tels que la dépression et les bouffées d'anxiété. Comme la malbouffe induit une surcharge pondérale, la « malconnexion » provoque une surcharge cognitive. En vendant des applications sagesse 2.0, les big data se retrouvent dans la situation d'une firme pharmaceutique qui d'un côté commercialiserait des antidiabétiques, et de l'autre, *via* une filiale, fabriquerait du sucre pour l'industrie agroalimentaire.

La mise en concurrence avec la machine nous entraîne dans une course à la performance, perdue d'avance. Plus les ordinateurs améliorent leur vitesse de calcul, plus ils accélèrent notre rythme de travail. Toute tâche est urgente, tout est prioritaire, la consigne, c'est l'exécution immédiate. Les salariés sont transformés en athlètes sommés de faire toujours plus et plus vite. « Au lieu d'une diversité de rythmes, d'une succession de temps forts et de temps morts, la pression permanente à flux tendu, le "24 heures sur 24" et le "7 jours sur 7" ont envahi à peu près tous les emplois du temps et tous les emplois tout court, fait observer le sociologue Paul Virilio. Se dessine alors un monde où « le mouvement est tout et le but sans valeur[1] ». Un monde vidé de sens qui ne demande qu'à être comblé par la sagesse 2.0.

Face à une machine érigée en modèle de perfection, l'erreur humaine est de moins en moins tolérée, nous sommes tenus d'être infaillibles. Une obligation du

1. Monique Atlan et Roger-Pol Droit, *Humain, op. cit.*

« zéro faute » totalement contre nature. Comme l'ont démontré les neurosciences, l'erreur chez l'homme fait partie de l'apprentissage, elle est fertile. Le stress généré par cette compétition non avouée avec la machine est d'autant plus délétère que notre temps de connexion s'allonge démesurément. Chaque jour, un Américain encaisse en moyenne près de douze heures d'informations électroniques. La frontière entre la maison et le travail s'est disloquée au point que 60 % des cadres avouent continuer à travailler sur leur ordinateur portable une fois rentrés chez eux. Cette dilatation de la durée de connexion, bénéfique pour les big data, a eu pour effet d'augmenter les heures travaillées et donc la productivité. Au cours de sa journée, on estime qu'un cadre envoie une trentaine de mails et en reçoit 70. Pour ne pas avoir à écluser au retour cette montagne de courriers électroniques, le réflexe est pris de ne jamais se déconnecter, même en vacances. Rendus accros à l'outil de travail, nous éprouvons une culpabilité à nous débrancher. Il faut rester joignable à tout moment, même au risque d'exploser comme un ballon. Un danger d'autant plus grand que ce flux d'informations ininterrompu, alimenté en permanence par des machines qui ne dorment jamais, malmène notre rythme biologique. « Un droit à la déconnexion professionnelle », c'est ce que proposait, en septembre 2015, Bruno Mettling, directeur général adjoint d'Orange, dans son rapport sur les effets du numérique dans les relations au travail...

Les big data ont fondu en un seul les temps du travail, du repos et des loisirs autrefois différenciés, or notre cerveau fonctionne sur un mode alterné, façonné par la rotation de la Terre sur elle-même en vingt-quatre heures. L'alternance du jour et de la nuit est profondément inscrite dans notre programme biologique. En multipliant en apparence le choix des possibles comme autant de fenêtres ouvertes sur un écran d'ordinateur, les nouveaux outils génèrent, comme le souligne le philosophe Hartmut Rosa, « une frustration, celle de ne pas réussir à faire tout ce que l'on veut, et une insatisfaction, de mal faire ce que l'on fait. Nos pouvoirs potentiels, les options auxquelles nous avons accès augmentent sans cesse, alors que nos capacités concrètes diminuent progressivement[1] ». Tenter de suivre la courbe exponentielle du nombre d'actions faisables par unité de temps est une course effrénée à l'abîme.

Le mal-être est d'autant plus fort que le digital nous précipite dans un puits de solitude, alors même que la promesse des réseaux sociaux est de multiplier nos amis comme des petits pains. Sur Facebook ou Myspace, où la moyenne est de 130 à 150 amis, chacun est tendu vers un objectif, améliorer son score, au motif que plus on a d'amis plus on est populaire. L'internaute se conçoit comme un sergent recruteur dont l'obsession est d'enrôler sous sa bannière, et peu importe qui. C'est l'illusion du quantitatif. On est loin de l'intention proclamée par le slogan actuel du réseau : « Facebook vous permet de rester en contact avec les personnes qui comptent dans votre vie. » Faut-il y voir un hasard, à en croire la biographie non autorisée de Mark Zuckerberg[2], Facebook aurait été imaginé par un

1. Hartmut Rosa, *Accélération. Une critique sociale du temps*, La Découverte, 2010.

2. Ben Mezrich, *The Accidental Billionaires*, Doubleday, 2009.

asocial, à deux doigts de l'autisme ? Largué par sa petite amie, Zuckerberg aurait, pour se venger, créé sur Internet un trombinoscope des étudiantes de son campus photographiées à leur insu, la gent masculine étant invitée à voter pour la plus sexy. C'est un algorithme spécialement conçu pour l'occasion qui établit le classement. En se virtualisant, pour plus d'efficacité et de rapidité, nos échanges se sont appauvris, vidés de ce qui fait la richesse d'une rencontre avec l'autre en face de soi, en chair et en os. Facebook et les autres réseaux sociaux ne sont pas des lieux de « rencontre » comme ils le prétendent, ce sont des masques à la solitude numérique. Les algorithmes de mise en relation agrandissent le désert affectif en nous faisant croire que l'amitié est une quantité et, de cette façon, nous dissuadent d'aller chercher dans la vraie vie des amis authentiques. Hypnotisés par le réseau, entourés d'apparences d'amis, de fantômes numériques, nous risquons réellement de nous recroqueviller un peu plus sur nous-mêmes. Jamais aussi connectés, jamais aussi seuls ! Le monde devient un *open space*, cet espace faussement convivial, configuré pour l'autosurveillance et plus de productivité, où chacun tente de se protéger de l'autre. Cette solitude dans laquelle les big data nous enferment est stérile. C'est un oubli de soi-même qui n'offre ni recul ni prise de distance. On se perd dans le regard des autres, en quête d'une popularité artificielle, au lieu de se regarder en face, de prendre le risque de la lucidité. Dans le monde numérique, les miroirs sont cassés. La réflexion, au sens littéral du terme, y est inutile, encombrante, voire subversive. C'est ce bonheur sans idéal, sans effort, sans souffrance et... sans horizon, que décrivait Nietzsche dans *Ainsi parlait Zarathoustra.*

Pour parachever le cauchemar, déjà évoqué, on est en train de nous déposséder de notre mémoire, en nous poussant à l'externaliser, à la confier aux machines. Une expérience dangereuse selon le philosophe Francis Wolff, car notre mémoire n'est pas une clé USB. « Elle se vit en première personne, elle est mobilisée *hic et nunc*, dans les relations que je tisse avec autrui. Elle n'est pas en moi. C'est une relation contextualisée avec le monde que je noue en fonction de ce que je vis au présent. Transportez ma mémoire dans un autre environnement, elle semble avoir le même contenu, mais, n'étant plus la mienne, elle n'est plus la même[1]. » Pour mieux sécuriser nos données, nous sommes pourtant fortement incités à décharger tout ce que contiennent nos smartphones, ordinateurs, tablettes, dans des nuages, des espaces de stockage situés quelque part dans le réseau. L'iCloud d'Apple permet en se connectant d'accéder, en un seul clic, à sa mémoire numérique délocalisée dans un serveur. Les informations familiales, sentimentales, financières ou médicales, parfois les plus intimes donc, sont ainsi confiées à d'autres, sans aucune garantie réelle sur l'usage qui pourrait en être fait. Gordon Bell, ingénieur chez Microsoft, préfigure-t-il la mainmise des big data sur nos souvenirs ? Aidé d'un collègue, cet ingénieur et chercheur en informatique, as des nouvelles technologies, travaille sur un projet qu'il a nommé « Total Recall », du nom du célèbre film d'anticipation. Son idée : doubler

1. « Notre mémoire n'est pas une clé USB », *Philosophie magazine*, octobre 2014.

numériquement tous nos souvenirs ! Durant notre vie entière, grâce à la géolocalisation et à la multitude de capteurs qui parsèment désormais notre environnement, tous nos faits et gestes seraient enregistrés en temps réel, dans une bibliothèque personnelle que l'on pourrait interroger à tout moment. Un « Little Brother », comme son concepteur l'appelle, qui se souviendra de tout à notre place. « La face démocratique d'une société de surveillance globale », parce que « plus aucun mensonge ou presque ne tiendra debout ; si j'utilise mes e-souvenirs pour vous reprocher quelque chose, vous aurez enregistré une copie de mon intervention, qui pourra à son tour être utilisée contre moi », écrit, enthousiaste, Gordon Bell dans son livre *Total Recall*[1], préfacé par « un ami de vingt-cinq ans », Bill Gates. Pas vraiment de la science-fiction, puisque Google Maps propose déjà à ses utilisateurs de consulter l'historique de leurs déplacements sur plusieurs années, voire de rembobiner en images leur parcours virtuel grâce à Google View. « Votre chronologie est un bon moyen de vous souvenir et de revoir les endroits où vous êtes allé un certain jour, mois ou année », proclame le moteur de recherche qui a également prévu une fonction pour effacer au choix certaines dates, celles qui pourraient par exemple être associées à un mauvais souvenir. Quant à l'assistant personnel Google Now, il peut vous rappeler les rendez-vous du jour et même les anniversaires à fêter, puisqu'il a accès à votre agenda et à votre historique de recherches sur le Net.

1. Flammarion, 2011.

Le paradoxe est qu'en déléguant ainsi notre mémoire nous risquons pour le coup de devenir amnésiques. Comme on l'a souligné, plusieurs études menées par des psychologues américains ont montré que le simple fait de savoir qu'une information est conservée quelque part dissuade le cerveau de la retenir, parce qu'il considère alors cet effort comme superflu. Gageons que les géants du digital nous présenteront l'e-souvenir comme un service indispensable, notamment pour une population vieillissante angoissée par la maladie d'Alzheimer. Et pourquoi pas, un jour, nous proposer d'effacer de la Matrice nos mauvais souvenirs, voire de les remodeler pour nous rendre plus heureux... ? C'est le bonheur que nous promet déjà Wisdom 2.0, puisque, dans cette philosophie pseudo-bouddhiste qui prône la « zen attitude », colère, conflit, révolte sont considérés comme nocifs ; comme autant d'obstacles au bien-être. Ce que décryptait Jacques Ellul, dans *Le Bluff technologique*[1] : « Le grand dessein, c'est que, avant tout, il n'y ait pas de conflits. Ni conflits à l'intérieur de l'individu, avec lui-même, ni conflits dans son groupe proche, ni conflits avec les corporations avec lesquelles il travaille, ni conflits avec les instances politiques. » L'inverse de la vision des Grecs anciens pour qui le conflit était l'occasion de se révéler, de tester ses limites, sa résistance, d'éprouver son courage. L'homme ne pouvant se construire que dans la confrontation avec les autres et avec soi-même. La sagesse 2.0 ou comment tuer dans l'œuf toute envie de révolte...

Trente ans avant l'avènement des big data, l'Américain Robert MacBride imaginait dans un livre,

1. Pluriel, 2012.

The Automated State[1], « L'État automatisé », un monde où « tout sera noté et méticuleusement étudié de manière exhaustive », et concluait que, dans cet avenir, « la marque de sophistication et de savoir-faire sera la grâce et la souplesse avec laquelle on accepte son rôle et fait le maximum de ce qu'il offre ».

1. Chilton Book Co, 1967.

Le retour d'Ulysse

« Ils ne se révolteront que lorsqu'ils seront devenus conscients et ils ne pourront devenir conscients qu'après s'être révoltés. »

George Orwell, *1984*.

12 septembre 2012, les agents du FBI font irruption dans un appartement à Dallas. Six minutes durant, l'intervention musclée est enregistrée par le micro d'une webcam, laissé allumé. Les policiers fouillent les lieux de fond en comble, saisissent tout le matériel informatique, puis embarquent le propriétaire menotté. Vingt-huit mois plus tard, le journaliste américain Barrett Brown était condamné à cinq ans et trois mois de prison, et 890 000 dollars de dommages et intérêts. Depuis son arrestation, il croupit dans une prison fédérale du Texas. Son crime ? Avoir profité du piratage des serveurs informatiques de la société de sécurité privée, Stratfor, afin de lever le voile sur les liens troubles entre cette officine et les services gouvernementaux américains. Parmi les 5 millions de mails récupérés par les

hackers d'Anonymous qui les avaient transmis à Wikileaks, figuraient notamment des « discussions sur des opportunités d'enlèvements et d'assassinats ». Avant d'être arrêté par le FBI, ce journaliste d'investigation freelance, qui collaborait notamment à *The Guardian* et *Vanity Fair*, travaillait sur un projet de think tank ayant vocation à enquêter sur les contrats de certaines entreprises privées avec le gouvernement américain dans le domaine de la surveillance numérique. Partisan des Anonymous, il avait contribué à révéler un programme secret visant à mettre à genoux financièrement ce collectif de hackers. Sa peine pour complicité dans l'accès non autorisé aux serveurs de Stratfor et entrave à la justice avec la dissimulation d'un ordinateur portable lors de la perquisition a été alourdie au prétexte de menaces proférées contre un agent du FBI qui avait, selon lui, espionné et harcelé sa mère afin qu'elle collabore à l'enquête.

Les big data et l'appareil sécuritaire ont fait des hackers les ennemis publics « numéro un ». Edward Snowden, qui a révélé l'ampleur de l'espionnage de la vie privée mis en place par les services américains, et Julian Assange, le fondateur de Wikileaks, sont tous les deux considérés comme des traîtres à leur patrie et condamnés à l'exil. Quant à Bradley Manning, l'ancien Marine qui avait transmis à Assange 700 000 documents diplomatiques et militaires confidentiels, il purge dans une forteresse du Mississippi une peine de trente-cinq ans de prison. Dans sa demande de clémence adressée à Barack Obama, et finalement rejetée, Manning écrivait : « Si vous refusez mon recours en grâce, je ferai mon temps en sachant que parfois il faut payer un prix élevé pour vivre dans une société libre. » La communauté des hackers libertaires n'a-t-elle pas été la première à refuser le modèle marchand, intrusif et opaque des big data ? D'abord en développant et mettant à disposition de tous des logiciels « ouverts » qui permettent le partage gratuit et contrarient par là même le business modèle du logiciel « propriétaire » de Microsoft, Apple et consorts, en inventant d'autres logiciels que ceux déjà commercialisés, et pour d'autres usages que ceux imposés. Ensuite, en diffusant sur la Toile des techniques de chiffrement et des programmes d'anonymisation capables de leurrer les systèmes de surveillance. « Peut-être saisissons-nous seulement aujourd'hui que les hackers représentèrent, à l'écart de l'image biaisée qui leur était affectée, une forme pragmatique de contre-pouvoir capable d'inspirer dans l'esprit des modes d'action à venir », souligne le philosophe Éric Sadin, spécialiste des technologies numériques.

Agences de renseignements et géants du Net prennent un malin plaisir à diaboliser les pirates informatiques, mettant dans le même panier les « crackers », sortes de hooligans du numérique, les « phreakers » ou les « carders », animés par le goût du lucre, qui vont pirater des lignes téléphoniques ou des données bancaires pour les utiliser ou les revendre, et les hackers citoyens qui, eux, prêtent main-forte aux lanceurs d'alerte. Au moment où les médias traditionnels sont de plus en plus contrôlés et éprouvent de plus en plus de difficultés à diffuser des informations qui perturbent la doxa, les hackers émancipateurs sont le grain de sable dans le pacte scellé entre l'appareil de renseignements et les big data. Là où les grandes oreilles du Net se font discrètes, c'est quand elles retournent des hackers, en brandissant la menace d'énormes peines de prison. N'avait-il pas été requis dans un premier temps cent cinq ans contre Barrett Brown ? C'est d'ailleurs grâce à un hacker retourné que le FBI a fait tomber l'« hacktiviste » d'Anonymous condamné à dix ans de prison pour avoir piraté les fameux mails de la société Stratfor...

Cloués au pilori, traités comme les faux-monnayeurs d'antan qui défiaient l'État en frappant monnaie, les hackers sont pourtant indispensables aux citoyens pour tenter de reprendre le contrôle sur la Matrice. Ils sont en effet les seuls capables d'ouvrir la boîte noire, de comprendre les rouages de la machine, d'y semer des grains de sable, d'apprendre aux autres les techniques d'autodéfense numérique. Boîtes mails éphémères, outils de navigation anonyme ou de cryptographie, autant d'astuces pour passer sous les radars, organiser son invisibilité, s'extraire de la surveillance totale, en appliquant la stratégie dite de « l'empreinte légère », inventée par les militaires. Ironie du sort, TOR, le plus connu des outils d'anonymat en ligne, est né dans un laboratoire de recherche de l'US Navy. Au milieu des années 1990, la marine américaine voulait disposer d'un système rendant ses connexions intraçables sur la Toile. Lorsque le programme de recherche s'est arrêté, c'est l'Electronic Frontier Foundation, l'association américaine qui défend les libertés sur Internet, qui a pris le relais. Petit à petit, TOR a échappé à ses créateurs, il est devenu incontrôlable. Entretenu par des geeks bénévoles, ce réseau, gratuit, antiflicage, serait aujourd'hui utilisé par plus de 2 millions d'internautes. Non seulement TOR anonymise les connexions en masquant leur contenu, leur point d'origine et leur destination, mais en plus il offre une porte dérobée sur le Web caché, toutes ces pages non indexées par les moteurs de recherche. On estime que 30 000 serveurs dissimulés seraient ainsi accessibles par TOR. En 2015, David Kaye, rapporteur spécial de l'ONU chargé de la promotion et de la protection du droit à la liberté d'opinion et d'expression, a publié un rapport dans lequel on peut lire : « Le chiffrement et l'anonymat garantissent aux personnes et aux groupes un espace de confidentialité en ligne qui leur permet d'exercer leur liberté d'opinion et d'expression et les protège contre toute immixtion arbitraire ou illégale et contre toute attaque. » Et d'insister : « Lorsque les États imposent une censure illégale des techniques telles que le filtrage, le chiffrement et l'anonymat peuvent permettre aux citoyens de contourner ces obstacles et d'accéder à l'information sans que les autorités s'en mêlent. » David Kaye recommandait aux gouvernements de « protéger et de promouvoir l'accès à ces outils » et d'« adopter des restrictions uniquement au cas par cas et conformément aux critères de légalité, de nécessité, de proportionnalité et de légitimité de l'objectif poursuivi, subordonner toute limitation spécifique à une décision de justice et promouvoir la sécurité et la vie privée en ligne par l'éducation publique[1] ».

Un avis que ne partagent bien sûr pas les agences de renseignements, qui peinent à identifier les utilisateurs de l'Internet caché. Pour tenter de reprendre la main, le département américain de la Défense développe un outil capable de fouiller le Deep Web. Memex,

1. « Rapport sur la promotion et la protection du droit à la liberté d'opinion et d'expression », ONU, 22 mai 2015.

qui aurait déjà coûté entre 10 et 20 millions de dollars, parviendrait à repérer des traces de connexion, des pages camouflées, à établir des liens entre elles, des données ensuite compilées avec tout ce qui est siphonné sur le Web visible. Comme l'explique le directeur de l'innovation de la Darpa : « La plupart des personnes qui utilisent Internet le font pour de bonnes raisons. Mais il existe aussi des parasites et nous voulons les empêcher d'utiliser Internet contre nous[1]. » Pour les agences de renseignements et les big data, le Deep Web qu'elles ont rebaptisé « Darknet » est le lieu de tous les vices, où prospèrent trafiquants, pédophiles et terroristes. Des dérives montées en épingle qui masquent un autre usage, majoritaire celui-là. Le Deep Web est un moyen pour tout un chacun de protéger sa vie privée, de ne pas se faire piller ses données personnelles par les multinationales du numérique. Quand un internaute navigue sur un site, il est observé en moyenne par neuf autres sites commerciaux, qui récupèrent à son insu des informations sur lui grâce à des logiciels espions. Le Web caché ou Web profond permet aussi aux militants des droits de l'homme, aux lanceurs d'alerte, aux dissidents ou aux journalistes de contourner la censure, d'échapper à la surveillance totale exercée par la Matrice. La version numérique des catacombes où se réfugiaient les premiers chrétiens persécutés par l'Empire romain. « Dans une démocratie, je considère qu'il est nécessaire que subsiste un espace de possibilité de fraude. Si l'on n'avait pas pu fabriquer de fausses cartes d'identité pendant la

1. « Un moteur de recherche pour explorer la face cachée du Web », *Le Figaro*, 12 février 2015.

guerre, des dizaines de milliers d'hommes et de femmes auraient été arrêtés, déportés, sans doute morts », prévenait Raymond Forni, aujourd'hui décédé. Le père de la loi « Informatique et libertés », qui fut vice-président de la CNIL et président de l'Assemblée nationale, disait avoir « toujours été partisan de préserver un minimum d'espace sans lequel il n'y a pas de véritable démocratie[1] ».

Comment refaire du citoyen le centre de gravité ? En se libérant de l'emprise des 0 et des 1, de ce temps accéléré, compressé jusqu'au seul instant présent, ce présentisme qui, telle une centrifugeuse, nous immobilise en nous plaquant sur les parois. Pour, comme Ulysse au terme de son voyage, retrouver son identité. C'est en retournant à Ithaque, son île natale, en stoppant son voyage, que le héros grec récupère son nom. Ce temps arrêté qui, seul, permet de savoir qui on est, de se construire, d'où cette nécessité vitale à pouvoir se déconnecter. Et, comme Ulysse, se libérer ainsi de la dictature douce engendrée par Big Mother. Revendiquer ses imperfections, son imprévisibilité dans un monde calculé, entièrement paramétré. L'acte de résistance, c'est aussi le retour aux textes grecs, à ces fondamentaux qui ont ensemencé des valeurs universelles décrétées obsolètes par les big data. « Plus que jamais ces œuvres devraient être fréquentées. Les forces qui y résident demeurent indispensables à chacun d'entre nous. Dans un monde complexe, conflictuel, angoissant, saturé de messages et d'images, nous avons un besoin de plus en plus aigu de puiser dans cette

1. Martin Untersinger, *Anonymat sur Internet. Protéger sa vie privée*, Eyrolles, 2014.

immense réserve d'expériences humaines. Or c'est justement au moment où nous en avons le plus grand besoin que nous nous trouvons privés de leur compagnie », s'alarme le philosophe Roger-Pol Droit.

La pensée grecque pour alimenter l'esprit critique. Accepter ce face-à-face avec soi-même, cette solitude subversive qui conduit à la lucidité et donne le courage de s'échapper de la caverne numérique, où l'on nous maintient enchaînés par des illusions. C'est encore Ulysse qui, attaché au mât de son bateau, parvient à résister au chant des sirènes. Redonner du sens à sa vie par le questionnement vertigineux du « pourquoi » et contrer ainsi la logique utilitariste du « solutionnisme » imposée par les machines. À condition de ne pas abandonner à la Matrice une part de sa mémoire, ce socle de notre personnalité. Ce n'est sans doute pas un hasard si l'*Iliade* et l'*Odyssée* ont été écrites en vers. Ces textes fondateurs nécessaires à la formation du citoyen pouvaient ainsi être chantés, et donc mieux mémorisés pour s'imprimer dans la tête de tous. Acquérir une vision critique du monde, c'est aussi cultiver sa différence, une manière de lutter contre l'uniformisation en marche. Dopées par la mondialisation, les firmes du big data standardisent à vitesse grand V les produits, les modes de vie et jusqu'à la façon de penser. Sous une apparente profusion, l'information délivrée à jets continus par les canaux numériques est en fait dupliquée à l'infini, restreinte et contrôlée.

Détourner la puissance de la Matrice pour remettre l'homme dans la boucle et recréer une société démocratique, à échelle humaine, où l'on reprend le dessus sur l'ordinateur. Tel est le défi à relever. Çà et là sur la Toile, émergent des réseaux sociaux de proximité, de micro-communautés indépendantes fédérant un immeuble, un quartier, un pâté de maisons. Il ne tient qu'à nous d'en faire de nouvelles agoras où l'on débattrait librement, des espaces spontanés de solidarité où la logique de l'accaparement et du chacun pour soi chère aux big data n'aurait pas sa place. De ressusciter ainsi l'esprit de la cité grecque. Comme l'écrivait Sénèque dans *De la tranquillité de l'âme* : « Jamais la situation n'est obstruée au point de fermer tout espace à une action vertueuse. »

Le pire est désormais certain

La révolution numérique est en marche. Dans l'espace-temps de son redéploiement, elle n'en est qu'à ses débuts et il est déjà possible d'anticiper où elle nous mène, dans un monde où l'être humain sera dissocié de lui-même jusqu'à devenir parfaitement contrôlable, sans contrainte ni violence physique. La seule certitude dans cette vaste évolution, ce sont les termes de l'échange. Prévisibilité, sécurité, allongement de la durée de vie contre la transparence absolue, la disparition de la vie privée, la perte de la liberté et de l'esprit critique. L'esprit reptilien, et tous ses débordements que des siècles de civilisation ont essayé de combattre sans succès, va enfin disparaître, et avec lui l'insécurité et l'inquiétude qui l'accompagnaient jusqu'ici. Le monde des big data se veut non stressant, non violent, il refuse la peur du lendemain. Et il a développé les outils pour y parvenir. Pourtant, contradiction suprême, ces bouleversements sont dictés par un des aspects fondamentaux de notre logique reptilienne humanisée : l'avidité. L'appétit sans fin d'une minorité, celle d'individus animés par un impérialisme qu'aucun État nation n'avait jamais osé envisager à ce degré.

« L'autre », notre frère, notre semblable, est désormais au mieux un encombrement, au pire une menace. Big Mother veut nous débarrasser d'une nouvelle forme de violence impossible à traiter par les modes de combat classiques : le terrorisme. Jamais le monde, dans son ensemble, n'a été plus sûr. Jamais le sentiment d'insécurité n'a été aussi fort. Grâce notamment à Internet, fantastique robinet d'informations continues, se crée une dramaturgie mondiale, une sorte de fiction-réalité qui justifie l'alliance des big data et du monde du renseignement pour une mise sous surveillance sans précédent de l'humanité. Le pire n'est jamais certain. Le processus de surveillance des individus est irréversible, aucun texte législatif ou réglementaire ne pourra l'endiguer. Ce qui sera concédé en apparence par les big data et leurs alliés sera aussitôt repris avec l'aide d'une technologie que les législateurs sont incapables de suivre, débordés par des évolutions vertigineuses et par une complexité hors d'atteinte d'élus mal formés pour comprendre les véritables enjeux et englués dans la lenteur du temps politique. Ce pouvoir supranational mille fois annoncé sous des formes violentes par les écrivains de science-fiction s'installe sans bruit dans la douceur d'une civilisation où la gratuité ne sera plus l'exception mais la norme, où le travail sera réservé à une élite abusivement rémunérée et où la majorité de la population éjectée du travail par la robotisation sera livrée à une douce vacuité entretenue par un revenu minimum garanti en contrepartie d'une connexion permanente. Cet individualisme sans liberté préfigure une civilisation de l'ennui et de l'impatience à y remédier, les deux œuvrant à une perte de perception du réel.

Les maîtres du big data, ces puritains insatiables, n'en ont pas fini avec Dieu, leur prochain objectif. L'allongement de la vie, une des priorités de Google, ne sera accessible qu'aux plus fortunés, les mêmes qui vivront dans des lieux écologiquement préservés, loin de la concentration urbaine où les gens ordinaires s'agglomèreront, seuls, mais en sécurité grâce aux technologies de prévention des délits. L'homme augmenté, rehaussé, tel qu'on l'évoque aujourd'hui, n'est probablement qu'une étape vers la grande mutation qui se profile. Si, pour reprendre l'expression du père de l'Internet Vinton Cerf, « la vie privée est une anomalie », le jour viendra certainement où la vie organique sera aussi considérée comme une anomalie. Le rêve des big data de fusionner l'homme et la machine est bel et bien en marche. Jusqu'à nous proposer un jour, pourquoi pas, de muter, grâce aux progrès de l'intelligence artificielle, dans une enveloppe non organique, parfaite et durable. Avec l'espoir que les milliards de données collectées sur nous durant notre existence nous permettent de le faire sans perte d'identité. Nous serons alors immortels et maîtrisés, pour ne pas dire asservis. L'orgueil des maîtres du numérique est sans limites, à l'image de leur créativité et de leur puissance financière. Jamais dans l'histoire de l'humanité si peu d'individus auront dicté leur loi à un aussi grand nombre. Un avenir qui paraît inéluctable tant les contre-pouvoirs manquent. Dans la vieille Europe, qui a vu naître la démocratie, la question n'est pas d'aller contre les big data mais de savoir comment les rattraper. Sauf que Google ne sera jamais rejoint, pas plus qu'Apple ou Amazon. Les données qu'elles ont déjà accumulées les mettent hors de portée de la concurrence. Face à cette nouvelle entité, incarnation de la puissance mutante des États-Unis, née de l'accouplement de l'appareil de renseignements avec les conglomérats du numérique, l'Europe gesticule mais elle s'est déjà résignée à une allégeance sans condition. Demain, tout notre être sera captif de la Toile : la santé, les assurances, les impôts, les comptes bancaires... Comme l'écrivait le philosophe Walter Benjamin : « Que les choses suivent leur cours, voilà la catastrophe. » Certes, le pire n'est jamais certain, mais une chose est sûre : résister va devenir de plus en plus compliqué. Cela passera par l'acceptation d'une marginalisation. Une méfiance vis-à-vis du monde connecté. Une extraction du temps contracté.

Arc-boutés sur une défense conçue pour résister à des idéologies clairement identifiées, les intellectuels censés jouer leur rôle de sentinelles n'ont rien vu venir ou presque, probablement submergés autant que fascinés par cette révolution technologique. Le projet des big data est libertarien, sans frontières, sans État, il rend obsolètes toutes les idéologies souverainistes. L'acte de résistance sera de remettre l'humain au centre du jeu. De protéger la sensibilité, l'intuition, l'intelligence chaotique, gage de survie. C'est à cette seule condition que nous pourrons préserver notre part d'humanité dans le monde des 0 et des 1. Sinon, nous vivrons tous irrémédiablement nus, avec ce faux sentiment d'émancipation que provoque la nudité. Les avantages proposés par les nouveaux maîtres du monde sont trop attrayants et la perte de liberté trop diffuse pour que l'individu moderne souhaite s'y opposer, pour autant qu'il en ait les moyens. Il ne faut pas compter sur les big data pour nous rendre cette liberté. En revanche, nous pouvons leur faire confiance pour convaincre l'humanité qu'elle n'est pas essentielle.

Table

La photocomposition de cet ouvrage
a été réalisée par
GRAPHIC HAINAUT
59410 Anzin

Imprimé en Espagne par
Liberdúplex
à Sant Llorenç d'Hortons (Barcelone)
en août 2017

POCKET – 12, avenue d'Italie – 75627 Paris cedex 13

Dépôt légal : septembre 2017
S25326/01